Gerd Kanke

Vogelfreunde

und andere Geschichten

Bibliografische Information der Deutschen Nationalbibliothek:
Die Deutsche Nationalbibliothek verzeichnet diese Publikation in der
Deutschen Nationalbibliografie; detaillierte bibliografische Daten sind
im Internet über dnb.dnb.de abrufbar.

Herstellung und Verlag:
BoD – Book on Demand, Norderstedt

ISBN 978-3-7528-5870-9

Wenn einer eine Blume liebt,
die es nur ein einziges Mal gibt
auf allen Millionen und Millionen Sternen,
dann genügt es ihm völlig,
dass er zu ihnen hinaufschaut, um glücklich zu sein.

Antoine de Saint-Exupéry

Aquis submersus

Die Hitze im Bus ist kaum auszuhalten. Aber nur so kann man die nasse Novemberkälte da draußen, den düsteren Nebel, der auf der Hattstedter Marsch lastet, und die beginnende Finsternis einigermaßen erträglich machen, meint wohl der Busfahrer. Doch Nebel pestet auch im Innern des Busses, der gefüllt ist mit Studenten der Literaturwissenschaft, die fast alle eine Zigarette nach der anderen rauchen. Daran und auch daran, dass hier nicht von „Studentinnen und Studenten" oder von „Studierenden" erzählt wird, erkennt der geneigte Leser (und die geneigte Leserin), dass wir uns in den siebziger Jahren des vergangenen Jahrhunderts befinden... Unsere Studis werden sich später voller Stolz zu den „Achtundsechzigern" zählen, frei von allen bürgerlichen Zwängen und täglich damit beschäftigt, den Muff von tausend Jahren, der unter den nicht mehr vorhandenen Talaren der vergreisten Professorenschaft lastet, durch mehr oder weniger witzige Aktionen, Happenings genannt, endgültig fortzublasen und durch eine frische Brise zu ersetzen, immer jedoch mit einer selbst gedrehten filterlosen Zigarette im Mund.

Aber noch sitzen unsere Studis im rauchverpesteten Bus, der sie durch die nebelverhangene Düsternis der Hattstedter Marsch nach Norden trägt. Tagsüber hat man in Husum die Wirkungsstätten des Dichters Theodor Storm besucht, in seinem damaligen Wohnhaus in der Wasserreihe einem Vortrag des Vorsitzenden der Storm-Gesellschaft gelauscht, aus

Respekt vor den Original-Einrichtungsgegenständen und (weil es verboten war) ganz ohne Tabakqualm. Man hat das Schloss besucht, jetzt im Nebel, im Frühling aber umgeben von einem Meer von Krokusblüten, und schließlich, auf dem Sankt-Jürgen-Friedhof, den bedrückenden Granitwürfel der Storm-Woldsen-Gruft. Eine Grabstätte wie eine Festung, als müsse sich da einer über den Tod hinaus verbarrikadieren vor der Welt.

Zum letzten Besichtigungsort dieses Tages soll die Fahrt des verqualmten Busses durch immer dichter werdenden Nebel und hereinbrechende Finsternis führen: nach Drelsdorf, in dessen Kirche sich der „Bonnix'sche Epitaph" befindet, das Bildnis eines Knaben, der im Jahr 1656 „incuria servi", durch die Schuld des Knechtes, im Wasser ertrunken ist: „Aquis sub mersus". Bei dem empfindsamen Theodor Storm hatte dieses Gemälde einen tiefen Eindruck hinterlassen. Er schrieb damals: „Diese seltsam harte, die Nachlässigkeit des armen Kerls verewigende Inschrift prägte sich mir ein und ging mir nach, bis sie mich endlich zu dieser Dichtung anregte."

Zu dieser Dichtung: gemeint ist Storms Novelle „Aquis submersus", in welcher er die Aussage des Epitaph-Textes noch wesentlich dramatisierte, indem er den Knaben „culpa patris", durch die Schuld des Vaters, im Wasser versinken ließ.

Der Student Hans hatte im Seminar ein Referat zu dieser Novelle gehalten, und sein Professor, der diese Exkursion „Auf den Spuren Storms" leitete, hatte ihn gebeten, auf der Fahrt von Husum nach

Drelsdorf einen kurzen, aber für diese Geschichte aussagekräftigen Abschnitt über das Bordmikrofon vorzutragen. Der kratzende, knackende Lautsprecher, die knarrende Heiserkeit seiner Raucherstimme ließen zwar keinen „akustischen Hörgenuss" zu, wie sein Professor bemerkte, aber als Vorleser sei er dennoch „ein Talent". Und so liest unser Student Hans auf der Fahrt durch Nebel und Finsternis zur Drelsdorfer Dorfkirche als Einstimmung auf das Totenbild, das man besichtigen will, aus der Storm-Novelle vor:

„Unter all diesen seltsamen oder wohl gar unheimlichen Dingen hing im Schiff der Kirche das unschuldige Bildnis eines toten Kindes, eines schönen, etwa fünfjährigen Knaben, der, auf einem mit Spitzen besetzten Kissen ruhend, eine weiße Wasserlilie in seiner kleinen, bleichen Hand hielt. Aus dem zarten Antlitz sprach neben dem Grauen des Todes, wie Hülfe flehend, noch eine letzte holde Spur des Lebens; ein unwiderstehliches Mitleid befiel mich, wenn ich vor diesem Bilde stand."

Hans schaut vom Reiseleiterplatz neben dem Busfahrer nach hinten: alles ist still, man hat aufgehört miteinander zu reden und zu scherzen, und da es die modernen Medien noch nicht gibt, dappert auch niemand auf seinem Notebook oder Handy herum, keiner hat die Ohren verstöpselt... für einen Vorleser ein wunderbarer Zustand... und der Storm-Text hat die jungen Menschen offensichtlich ergriffen...

Draußen ist es mittlerweile völlig finster geworden. Aber bald schon fährt der Bus unter dem spärlichen Licht der Straßenlaternen durch den Zielort: Drelsdorf ist erreicht.

Schemenhaft das spitze Dach des Kirchturms, kaum zu erkennen im Dunklen das massive Mauerwerk des Kirchenschiffs aus gewaltigen Granitsteinen. Vergebliches Rütteln an der Klinke des Portals. „Na klar, die Evangelen sperren ihre Kirchen ja immer ab!", höhnt ein offenbar katholischer Jüngling. Enttäuschung, Resignation und leiser Protest wegen der „mal wieder unmöglichen Vorbereitung" dieser Exkursion durch den Professor. Eine Studentin fragt eine neugierig stehengebliebene ältere Frau, wo man denn den Kirchenschlüssel erhalten könne. „Ach, den Schlüssel, den hat doch der Totengräber! Der ist dahinten auf dem Friedhof und buddelt grade ein Grab aus! Aber stören Se den man nich dabei, der is ein büschen seltsam, wenn er buddelt!" Und damit geht die Frau weiter und ist nach wenigen Schritten in Nebel und Finsternis verschwunden.

Vom Friedhof hinter der Kirche hört man jetzt deutlich die Geräusche einer Hacke, irgendwo dahinten unter den geisterhaften Spitzen der hochragenden Wacholderbüsche, die wie eine Versammlung von dunklen Gespenstern die neblige Düsternis des Gottesackers bevölkern.

„Leute, ich glaube, wir sollten da wirklich nicht stören. Hier ist nämlich die Spökenkiekerei noch immer zuhause wie einst zu Storms Zeiten. Man glaubt noch an Geister, an Wiedergänger und finstere Gestalten. Außerdem sind wir ja hier im 'Krog' zum Abendessen angemeldet!" Der Professor öffnet seine lederne Aktentasche und entnimmt ihr ein gefaltetes Blatt Papier: „Hier habe ich ein Foto von diesem Epitaph, wenn Sie das einmal betrachten wollen!" Er faltet das Blatt auseinander und hält es hoch: „Hat jemand eine Taschenlampe?"

Eine Studentin kramt in ihrer Umhängetasche, es ist das Mädchen, das Hans schon seit drei Semestern heimlich wie einen Engel anbetet. Da – was die Mädchen so alles mit sich herumtragen – da hat sie ein Lämpchen in der Hand und beleuchtet das Blatt, das der Professor noch immer hochhält: ein schwarz-weißes Bild, auf dem das Schwarze überwiegt. Nur das angstvoll verzogene Kindergesicht und eine Hand treten aus der Dunkelheit hervor. Mit einiger Mühe lässt sich auch ein Teil der Inschrift unter dem Bild erkennen: AETATIS 10, der Knabe war also nicht fünf, sondern zehn Jahre alt. „Dichterische Freiheit", stellt der Professor fest. „So, dann wollen wir mal den historischen Krog aufsuchen!" Auch der Busfahrer muss der Gruppe folgen: „Sie sind natürlich eingeladen!"

In der Gaststätte ist es heimelig und vor allem warm. Mehrere Tische sind mit „Reserviert"-Schildern versehen. Dort nehmen sie unter den Augen der wenigen Einheimischen – alles Männer, die an der Theke lehnen – ihre Plätze ein, nachdem sie die Jacken und Mäntel an die Kleiderbügel im Flur gehängt haben. Die freundliche Wirtin verteilt die Speisekarten, man bestellt schon mal Bier, Cola und Limo und überlegt dann, ob man Schnitzel mit Pilzen, Bratwurst mit Fritten, Fisch oder etwa gar Labskaus bestellen soll.

„Ich habe eigentlich gar keinen Hunger", sagt das schöne Mädchen, das wie durch ein Wunder die Sitznachbarin von Hans geworden ist. „Ich auch nicht", antwortet dieser darauf, und das stimmt sogar. Aber selbst, wenn ihn heftigster Hunger gequält hätte, das würde er diesem Engel gegenüber niemals zugeben. Ein strahlendes Lächeln zeigt ihren Dank. Wofür eigentlich? Für seine Einfühlsamkeit dann wohl. „Du hast übrigens ganz toll vorgelesen, vorhin", beginnt sie ein Gespräch mit ihm. Sie spricht mit ihm, sie lobt ihn für seine Vorleserei – Hans ist ganz außer sich vor Freude. Er nimmt abwechselnd einen Schluck aus seinem Bierglas und einen Zug aus seiner Zigarette und erzählt ihr von seiner Stormbegeisterung, die ihn als zehnjährigen Jungen gepackt hatte: „Da war ich so alt wie der ertrunkene Knabe." Im Bücherschrank seiner Eltern hatte er ein Buch entdeckt „Von Meer und Heide" und darin die traurig-schöne Geschichte „Immensee" mit wachsender Teilnahme buchstäblich verschlungen.

Das Mädchen nippt an der Cola und sagt mit leiser Stimme: „Das finde ich wunderbar, dass es so etwas noch gibt... heute lesen die Jungs doch nur noch Krimis und Groschenromane." Hans wird es ganz kribbelig vor Freude, und als die Wirtin mit dem Notizblock die Bestellungen aufzunehmen beginnt, wird ihm noch freudiger ums Herz, als die Schöne ihn fragt: „Wollen wir nicht noch einmal zur Kirche gehen und schauen, ob der Totengräber sein Loch fertig gebuddelt hat? Vielleicht können wir dann doch noch das Bild sehen. Ich würde mich so sehr darüber freuen!"

Hans fühlt sich wie im Rausch. Ein lange herbeigesehntes Wunder ist geschehen, der Engel seiner Träume will mit ihm in Nebel und Finsternis aufbrechen, um das Bild eines toten Knaben anzuschauen.

„Nein, danke!", das sagt er nicht zu dem Engel, das sagt er zur Wirtin, die seine Essenswünsche erfragt, „Nein danke, wir beide haben keinen Hunger, wir wollen noch das Dorf anschauen. Ich bezahle das Bier und die Cola!"

Und dann verabschieden sie sich von der Gruppe. „Denken Sie daran: um 20.00 Uhr fahren wir zurück nach Husum!", ermahnt sie der Professor, und aus der Gruppe werden Stimmen laut: „Oho – im Dunkeln ist gut Munkeln"... „Passt nur auf, dass ihr euch nicht verlauft!"... „Bleibt anständig!", und was dergleichen Nach-Rufe in solchen Fällen ja stets beinhalten.

Die beiden treten hinaus aus der Wärme des Krogs in die nebelfeuchte Finsternis und gehen den Weg zurück, den sie vorhin gekommen sind, den Weg zur Kirche.

Stille herrscht jetzt auf dem Friedhof. Der Totengrund mit seinen einsamen, düsteren Wächtergestalten, die aussehen wie in schwarze Kutten gehüllte, schweigsame Mönche. Wacholder, der Wachehalter, bei dessen Namensgebung wohl auch die Totengöttin Hel einst mitzureden hatte: Weghel, Helweg. „Was Du alles weißt!", staunt das Mädchen voller Bewunderung, und Hans erzählt, dass auch die düster durch den Nebel drohenden Eiben seit germanischer Frühzeit als zauber- und geisterbannend galten und daher so oft auf Friedhöfen zu finden seien. „Gut, dass Du bei mir bist, ich würde mich sonst ja zu Tode gruseln!" Ein Schauer überläuft das Mädchen.

Im Dunkel neben dem Kirchenportal lehnt ein Spaten an den Granitblöcken der Wand: der Spaten des Totengräbers. Vorsichtig drückt Hans die Türklinke hinab, und das Wunder geschieht, die Tür öffnet sich. „Eigentlich müsste sie unheimlich knarren oder quietschen, das wäre doch auch recht gruselig", versucht er zu scherzen; aber ganz wohl ist ihm nicht, da es in der Kirche stockfinster ist. Wenn jetzt der Totengräber erscheint!? Wo ist denn der geblieben? „Ach ja, das war bestimmt der Mann in den schmutzigen Klamotten, der in den Krog kam, als wir hinausgingen."

Das Mädchen leuchtet mit ihrer Taschenlampe nach einem Lichtschalter. Da ist er ja, direkt neben dem Eingang! Aber das Schalten an ihm ist zwecklos, es gibt kein Licht. „Die drehen wohl immer die Sicherung raus! Aber seltsam doch, dass die Tür nicht abgeschlossen ist!" Und im spärlichen Lichtkegel des Lämpchens betreten die beiden sehr vorsichtig, als könnten sie jederzeit in einen schwarzen Abgrund stürzen, das Innere der Kirche.

Entlang der schnitzereiverzierten Bankreihen gehen sie auf einen Gewölbebogen zu, hinter dem ein Altar mit einer barockumrahmten Christgeburtsdarstellung aus der Finsternis erscheint. Kein Epitaph!

Die beiden gehen vorsichtig zurück durch das immer unheimlicher wirkende Kirchenschiff, sorgsam die Seitenwände ableuchtend – und da taucht plötzlich vor der helleren Wand das fast schwarze Gemälde auf. Im Schein der Taschenlampe blickt der tote Knabe auf sie herab, mit offenen Augen und ängstlich verzogenem Mund, in ein langes schwarzes Gewand gehüllt, mit langen dunklen Haaren steht er dort über der Inschrift, die vom Verschulden des Knechtes am Tod dieses Kindes kündet: AQUIS IN CURIA SERVI SUB MERSUS.

„Aber er hat ja eine rote Rose in der Hand, keine weiße Wasserlilie!", flüstert das Mädchen. „Dichterische Freiheit!", antwortet Hans im Tonfall des Professors.

Doch ganz so witzig, wie dieser Satz klingen soll, ist ihm eigentlich nicht zumute, im Gegenteil: Er fühlt sich förmlich in das Bild hineingezogen, das vom Engel neben ihm in langsam schwächer werdendes Licht getaucht wird: Der tote Knabe schließt die Augen und löst sich in Nebel auf, in einen Nebel, aus dem jetzt der weiße Vollbart Theodor Storms erscheint. Der siebzigjährige Storm, todkrank, vom Magenkrebs gezeichnet, so erscheint er im vergehenden Licht der Lampe und murmelt: „Hans... Du heißt Hans?... So hieß auch mein ältester Sohn: Hans... Als hätte ich damals schon gewusst, dass auch ich einstmals meinen geliebten Sohn verlieren muss, meinen Hans... auch er ist versunken, nicht im Wasser, aber im Alkohol... verloren habe ich ihn, für immer verloren... Hans, Hans, gehe schnell aus dieser Kirche hinaus! Lass

Dich führen von dem Engel neben Dir und geh zurück ins Leben, geh hinaus und lebe!"

Mit diesen Worten verlischt das weißbärtige Greisengesicht in Finsternis und totaler Dunkelheit. Hans steht wie versteinert, bewegungslos, von Grauen erfüllt. Was ist das denn... was soll das...? Er kann keinen klaren Gedanken fassen in der Schwärze seiner Umgebung.

Da fühlt er die Berührung einer Hand an seiner geballten Faust. „Du bist ja ganz kalt!", flüstert das Mädchen neben ihm und umfasst seine klammen Finger mit ihren Händen, die eine wunderbare Wärme ausstrahlen. „Komm, wir müssen hinaus aus dieser Kirche", sagt sie leise. Und Hand in Hand tasten sich die beiden dem Ausgang zu.

Beim Friseur in Khartum

Abends kamen wir aus unseren Löchern: Wenn der riesenrote Glutball der tropischen Sonne in den staubgelben Ebenen hinter der Stadt versank und die Menschen aufzuatmen begannen und sich vom feurigen Hauch des glastenden Tages erholten. Oh, diese Gerüche! Sie sind ein Teil des schwarzen Kontinents: dieser Staubgeruch, der Dunst nach Vieh und nach gekochten Bohnen, vermischt mit schwerem, süßen Blütenduft, der in Schwaden aus feuchtgrünen Gärten über den ausgetrockneten Wegen hing...

Und dann waren die Sterne da, die prächtigen afrikanischen Sterne: dicke, funkelnde Diamanten am samtschwarzen Nachthimmel, der nur im Westen noch einen schmalen gelbroten Abend zeigte.

Und wir gingen durch die staubigen, breiten Straßen und sogen den Duft ein, dieses berauschende afrikanische Geruchserlebnis, wir tappten im Dunkeln und kamen nur langsam voran, denn im Weg waren tiefe Löcher.

Grellweiße Rechtecke waren in die Finsternis geschnitten, das Licht aus den Läden der Kaufleute, in denen das bunte Gewimmel des Vormittags seine Fortsetzung fand. Nach der heißen, jede Lebensregung erstickenden Gluthölle des sudanesischen Nachmittags ein Labsal für Augen und Gemüt...

Wir gingen von Rechteck zu Rechteck und schauten aus der Dunkelheit heraus auf die kleinen, hell erleuchteten Bühnen des Lebens, und wir schauten, und unsere Augen tranken sich satt.

Und die Ohren schwelgten in fremden Geräuschen; Händlerrufe erklangen, exotische Musik, der hinreißende Rhythmus der Trommeln, Lachen, Geschrei, Autohupen und das Schrillen der großen Insekten. Und dann und wann der erschreckte Schrei eines Nachtvogels, das Weinen eines Kindes.

Und das alles eingehüllt in diese kostbare, warme Nachtluft mit ihren fremden Gerüchen. Und unsere Füße tappten wie auf Watte im dicken Staub der schwarzen Straße.

Vor einem besonders hellen Rechteck bleiben wir stehen. Ein weißer, kahler Raum ist mit mannshohen Spiegeln ausgestattet, vor denen sich in luxuriösen Polstersesseln dunkelhäutige Männer die Haare schneiden lassen. Ein ganzes Friseurteam ist im Einsatz und kürzt in Windeseile die krause, dunkle Wolle der Kunden, die nachlässig in den Sesseln liegen, teils Zeitung lesen, teils mit ihrem Friseur in heftige Debatten verwickelt sind.

Meine Haare ärgern mich schon lange bei dieser großen Hitze, und so beschließen wir, dass ich in einem der Sessel Platz nehme. Sofort schießt ein eilfertiger, weißbekittelter Schwarzer auf mich zu, umhüllt mich mit einem Leinentuch und beginnt zu schnippeln – was sage ich – er beginnt zu schneiden, als gelte es, einen Akkord zu brechen. Mir wird schnell wesentlich kühler auf der Kopfhaut, doch lässt die Entspannung merklich nach, als ich im Spiegel meine Freundin sehe, die entsetzt dort im Hintergrund sitzt und die vor lauter Schreck erst eingreift, als der halbe Schädel bereits kahl ist.

Sie staucht meinen armen Friseur mächtig zusammen, und der versucht sich zu rechtfertigen, in dem er auf eine seitlich angebrachte große Tafel zeigt, auf der afrikanische Frisuren zu sehen sind. Und die sind alle sehr kurz; die Frauen haben die hübschen kleinen Haarschwänzchen, die lustig wie Antennen vom Kopf abstehen oder kunstvoll geflochtene Netze, Schnecken und Zöpfe – aber wir sind hier bei einem Herrenfriseur – und die Herren tragen die Haare „drei Millimeter unter der Kopfhaut", wie es beim Militär so schön heißt.

Also: ich bin's sehr zufrieden, obgleich ich wirklich übel aussehe. Zum rostrot verbrannten Gesicht diese fast weiße Platte – wie eine Bombe!

Die Afrikaner lachen; nicht schadenfroh oder gemein, nein, sie sind fröhlich und freuen sich, dass ich hier sitze und mir die Haare schneiden lasse. Ich sitze im Sessel und betrachte mich, und überlege, woher eigentlich die Weißen ihren Dünkel nehmen, wenn sie glauben, sich über farbige Menschen erheben zu können. Wie ästhetisch wirkt doch der fast kahle Ebenholzschädel des Mannes neben mir – und wie plump und schweinchenrosa sehe ich dagegen aus!

Nein, die schönsten Menschen hat die Weiße Rasse nicht gerade hervorgebracht; im graukalten Norden, wo man dick eingehüllt durch die nebelfrostigen Tage hastet, ist ein schnupfengerötetes Gesicht etwas Alltägliches, wenn auch nichts Schönes. Hier aber, im Herzen Afrikas, inmitten der wundervoll gewachsenen, gleichmäßig schwarzen Menschen mit ihren perlweißen Zähnen und den leuchtenden Augen – da sieht man irgendwie krank aus, krank und nicht für ein Leben auf Gottes Erdboden geschaffen.

Aber dann gehen wir wieder durch die Dunkelheit und durch die berauschenden tropischen Gerüche – und trotz der immer noch herrschenden Hitze fühlt sich mein Kopf so wunderbar frisch und kühl an, und auch meine Freundin hat ihren Schock wohl überwunden, denn sie geht fröhlich plaudernd neben mir her unter den funkelnden afrikanischen Sternen.

Schäferstündchen

„Ja, ja", sagte der alte Schäfer, indem er sein Holzbein abschnallte und neben sich ins Gras legte, „über dieses Dorf muss man nur ein großes Dach bauen, dann ist der Puff fertig!" Wir drei Jungen wussten zwar nicht, was ein Puff ist, aber wir verfolgten interessiert alle Bewegungen des Schäfers beim Abschnallen der Prothese.

„Mein Bein hat ja der Franzmann behalten, damals vor Verdun. Das war im großen Krieg, da war ich noch ein junger Mann. Der Franzmann war ja ganz wild auf die Beine unserer Familie: Mein Vater war 1870 beim Todesritt von Mars-la-Tour dabei und verlor sein rechtes Bein bei den Siebenten Kürassieren." Was Kürassiere waren, das wussten wir, denn wir spielten oft mit den Zinnsoldaten auf Eckhards Dachboden. Aber, ähnlich wie der „Puff" war uns „der Franzmann", von dem ständig die Rede war, eine unbekannte Größe. Wir stellten uns da so eine Art Vogelscheuche vor mit vielen Fransen daran zum Vertreiben der Vögel... Also, der Franzmann hatte das rechte Bein vom Vater des Schäfers. Was wollte er nur mit all den Beinen? Ich beschloss, abends meinen Vater danach zu fragen, der war auch im Krieg gewesen, aber beim Iwan, den kannte ich schon genauer!

Nun gut, der Franzmann also hatte das rechte Bein vom Vater des Schäfers, was diesen – den Vater, nicht den Franzmann – aber nicht daran hinderte, in den achtziger Jahren des 19. Jahrhunderts zu

Ruhm und Aufbau des jungen Deutschen Kaiserreiches mehrere Kinder zu zeugen, von denen unser Schäfer das Jüngste war. Und nun hatte der Franzmann auch dessen Bein, und zwar das linke.

Der Schäfer streckte sich im Grase aus, massierte seinen Beinstumpf und pfiff seinem Hund, der schweifwedelnd neben uns stand: „Hasso, an die Arbeit, du fauler Sack!" Und gehorsam zog Hasso seinen Schwanz ein und begann die Schafherde wieder zusammenzutreiben, die sich am grasigen Hang verstreut hatte.

„Wieso ist das Dorf ein Puff?", wollten wir nun wissen, auch wenn uns die Bedeutung des Wortes ein Rätsel war, aber das konnten siebenjährige Bengel ja nicht zugeben – und außerdem: Puff – das klang doch so nett, so nach Silvester und nach Puffbahn, die ja damals noch durch das Dorf fuhr mit mächtiger Rauchfahne unter Schnaufen und Puffen... Aber mein Vater würde mich am Abend ja gewiss aufklären...

„Naja, wieso Puff... soll ich euch mal sagen, warum das hier im Dorf so viele Leute gibt, die Müller heißen?" Klar, das interessierte uns sehr, denn der Schäfer hieß ebenfalls Müller. Dafür hieß der Müller des Dorfes Schäfer – darüber hatte sich schon die Lokalzeitung mehrfach lustig gemacht. Und einer dieser vielen Müller hatte das Dorf sogar in ganz Deutschland bekannt gemacht, als die Bildzeitung (damals noch für 10 Pfennig) in ihrer Schlagzeile von ihm berichtete: „Barfuß bis zum Hals durch das Dorf". Diese Geschichte kannten wir aber bereits: Vor einiger Zeit war einer der vielen Müllers in Abwesenheit des Müllers Schäfer in dessen Haus, in sein Schlafzimmer und schließlich in die Müllerin eingedrungen, obwohl sie keine schöne Müllerin war, eher eine hässliche Schäferin. Doch wie das Leben so spielt und oft – wer kam nach Haus, ganz unverhofft? Na klar, der Müller Schäfer kehrte heim und verdarb dem Schäfer-Verwandten Müller das Schäferstündchen, indem er ihn splitternackt wie er war – der Müller, nicht der Schäfer – aus der Mühle jagte, die ja Eigentum des Herrn Schäfer war.

In der Abenddämmerung pflegten die Dorfbewohner gerne vor ihren Häusern zu sitzen um des vergangenen Tages Mühe und Lasten zu besprechen. Von der Mühle, die naturgemäß im unteren Teil des Ortes lag, bis zum Hof des gedemütigten Herrn Müller im oberen Teil war es ein relativ langer Weg, den die untergehende Sonne oder der aufgehende Mond beleuchtete. So etwas zieht sich und so etwas zieht Kreise, nicht nur bis zur erbitterten Gattin, in diesem Fall sogar von den Alpen bis zur Nordsee. Dem Gelächter und dem Spott des Dorfes ist seine Familie bis heute ausgesetzt. Seine Enkel fragt man noch immer: „Ach, war Dein Opa nicht der Nacktmüller?"

Nunja, so konnte man allmählich dann auch die einzelnen Müller-Linien von einander unterscheiden. Da gab es den Dödel-Müller, den Saumüller, den Kohlen-Müller, den Bölk-Müller, den Sauf-Müller (aber das waren sie eigentlich alle) und schließlich den Humpel-Müller, unseren Schäfer, der neben uns saß und immer noch seinen Beinstumpf massierte.

Und dann begann er, uns eine weitere Puff-Geschichte zu erzählen, nämlich, wie die Linie der Rammel-Müller entstanden ist. Das war die Familie mit dem alten Müller aus der Grabenstraße, der damals Kinder mit seiner Frau, seinen Schwiegertöchtern sowie mit sämtlichen Enkelinnen gezeugt hatte. Da sämtliche Nachkommen, männliche wie weibliche, sich wiederum untereinander in auf- sowie absteigender Linie vermischt hatten, war es zu dem eigenartigen Zustand gekommen, dass Ferdi, mein jüngster Spielkamerad, zugleich sein eigener Großvater war. Aber diese Geschichte war zu kompliziert für uns, so dass wir abschließend doch lieber wissen wollten, wie ein Schaf im Querschnitt aussieht. Schweine hatten wir oft genug aufgeschnitten vor den Häusern hängen gesehen. „Naja," sagte der Schäfer, „so ähnlich sehen auch Schafe aus, Menschen übrigens auch, das kann ich aus eigener Erfahrung erzählen, damals vor Verdun..." Aber das wollten wir dann doch nicht mehr so genau erfahren, ob der Franzmann die inneren Organe auch alle behalten habe...

Die Glocken der Dorfkirche klangen über die Felder, das Zeichen für uns zum Aufbruch. Der Schäfer schnallte seine Prothese an, pfiff seinem Hund und humpelte hinter der Schafherde seinem Karren am Waldrand entgegen. Wir drei Jungs aber gingen brav nach Haus.

Ich wurde von meinem Vater für die ungewohnte Pünktlichkeit ausdrücklich gelobt, und mitten in diese Lobrede hinein stellte ich die spannende

Frage, die mir auf der Seele lag: „Vati, was ist eigentlich ein Puff?"

Die Ohrfeige, die ich umgehend erhielt, klang nicht so dumpf wie puff, sondern klatschte eher hell und schmetternd wie ein lautes Paff-peng. So verlief die Aufklärung in den frühen Fünfziger Jahren.

Das schwarze Entsetzen

Viele Jahre hindurch hatte das Kalkwerk den Bewohnern des Dorfes Arbeit und Brot gegeben. Seit Jahrzehnten hatten die Männer in den Steinbrüchen und an den Brennöfen gearbeitet, eine unendlich harte Quälerei, von Generation zu Generation weitergegeben. Keiner dieser Männer wurde alt, Kalkstaub in den kranken Lungen und zahllose Unglücksfälle hatten immer wieder viel Leid über die Familien gebracht. Doch es gab keine andere Erwerbsquelle, als „im Kalk" zu arbeiten.

In der Kaiserzeit wurde dann statt der kleinen Brennöfen eine große Fabrik gebaut. Ein „Hoffmannscher Ringofen" ließ ein kontinuierliches Arbeiten zu: abschnittsweise wurde dieser mit den Steinbrocken befüllt, die mit einer Lorenbahn angeliefert wurden. Die Industrielle Revolution hatte mit einiger Verspätung das Dorf erreicht. Trotz dieses Fortschritts war die Arbeit aber hart und entbehrungsreich geblieben.

Wie hart und gefährlich die Schufterei im Steinbruch da oben am Berge gewesen ist, habe ich als zehnjähriger Schüler oft selber erleben können. In den Ferien begleitete ich damals meinen Freund Hartmut, der seinem Vater in einem „Henkelmann" das Mittagessen hinaufbrachte. Heute würde man so etwas als Wanderung bezeichnen, eineinhalb Stunden mit starken Steigungen... Da war der Vater aber bereits seit sechs Stunden vor Ort; er war in der Frühe aufgebrochen, zu Fuß natürlich, wie alle im Dorf.

Autos gab es nur sehr wenige, und eine Fahrt hinauf in den Steinbruch wäre unmöglich gewesen. Die einzige Verbindung dort hinauf war die Lorenbahn: Die schwerbeladenen eisernen Wagen zogen beim Abrollen hinunter ins Tal über einen Seilzug die geleerten Waggons nach oben, eine sogenannte Bremsbahn, genial ausgedacht und ganz ohne Energieverbrauch. Energie verbrauchten nur die Arbeiter, die am Berg den ganzen langen Tag hindurch die riesigen Steinblöcke mit Presslufthämmern und Keilhauen zu handlichen Brocken zerkleinerten, Brocken, die aber von einem zehnjährigen Knaben kaum aufzuheben waren. „Seht her, was für Kerle wir sind!", hätten die Arbeiter ausrufen können, wenn sie mit Schwung Steinblock für Steinblock in die Eisenwagen warfen. Wie sehr beneideten wir diese Männer um ihre dicken Armmuskeln, um ihre Kraft und Stärke. Im Sommer mit freiem Oberkörper, im Winter in zerschlissenen Militärjacken, so schufteten sie Stunde um Stunde, Tag für Tag, ihr ganzes kurzes Leben hindurch.

Gegen Feierabend, um 17 Uhr, ertönte dann das dreifache Hornsignal. Das gewaltige Donnern mehrerer Sprengungen war im ganzen Tal zu vernehmen und sorgte für Unmengen neuer Felsbrocken, die dann am nächsten Tag zerschlagen werden mussten in unendlicher Mühe...

Nur an Sonntagen ruhte die Arbeit dort oben; dann schlichen wir Jungen uns oftmals hinauf und rollten mit den Loren hin und her. Und noch heute überläuft es mich kalt, wenn ich daran denke, wie oft wir davon geredet haben, doch mit einer Lore den Steilhang hinab zu rasen... Das hätte Tote gegeben... Oder wir schlichen an der „Russenburg" vorbei, dem Zwangsarbeiterlager während des Krieges, hin zu einem Bunker, in dem die Dynamitpatronen für die Sprengungen gelagert wurden. Und einmal hatten wir Erfolg: Auf der Bank neben dem Bunker war eine solche flaschengroße Sprengkapsel offensichtlich vergessen worden. Zündschnüre oder Teile davon waren überall im Gelände zu finden. Sehr schnell hatte Volker, der Sohn des Sprengmeisters, die „Bombe", wie wir sie nannten, scharf gemacht.

Im Triumphzug folgten Jürgen, Hartmut und ich unserem Sprengstoff-Experten tiefer hinein in den Wald. Unter dem riesigen Wurzelteller einer umgestürzten Buche schob er die Dynamitladung in ein Rattenloch, das sich dort förmlich anbot zur Aufnahme eines zylindrischen Gegenstandes. Entsprechend lustgeprägt waren dabei auch unsere anfeuernden Rufe: „Schieb ihn rein!... Tiefer... tiefer!" Solche und ähnliche Rufe, allerdings aus weiblichem Mund, konnte man damals als Dorfjunge ab und zu hören, wenn man sich vorsichtig einem Gebüsch näherte, in dem ein „Liebespaar" verschwunden war.

Hineingeschoben war die Ladung; die Zündschnur war allerdings nicht sehr lang, so dass Volker befahl: „Los, geht ihr schon mal in Deckung dahinten, ich komme gleich nach!" Kaum dass wir hinter einem Felsklotz Schutz gefunden hatten, kam auch schon Volker gerannt, der die Zündschnur in Brand gesetzt hatte. Er war noch nicht ganz bei uns angekommen, da tat es einen mächtigen Knall, der uns taub werden ließ. Der Wurzelteller zerkrachte in tausend Fetzen, die mit Donnergetöse in die Luft flogen. Volker hatte sich zu Boden geworfen und zum Glück zerschmetterte keiner der umherfliegenden Brocken ihm den Rücken...

Der sonntägliche Knall war im Dorf wohl auch gehört worden, doch war so etwas damals kein Grund zu größerer Unruhe. „Wohl ein Spätzünder!", hieß es dann. Heute wäre sogleich das BKA zur Stelle, eine Rasterfahndung nach mutmaßlichen Terroristen liefe an, die Medien hätten wieder Stoff für ihre Gruselgeschichten... Aber damals sah man das alles viel gelassener, von Baader-Meinhof oder gar vom „Islamischen Staat" war man ja noch um Jahrzehnte entfernt...

Volkers Vater hatte, verglichen mit den Arbeitern des Steinbruchs, einen körperlich wesentlich leichteren Dienst zu verrichten. Leichter wohl schon, aber auch sehr gefährlich. Die Zündschnüre brannten oft unregelmäßig oder erloschen ganz. Sprengmeister Grote, sein Vorgänger, war von einer Dynamitladung zerrissen worden, als er nach der Ursache einer ausbleibenden Sprengung forschte...

Harte, gefährliche Arbeit. Suppe aus dem Henkelmann; der Kaffee aus der Thermoskanne musste für zehn Stunden Schufterei langen, zehn Stunden zuzüglich eineinhalb Stunden Aufstieg am frühen Morgen und einer Stunde Abstieg am Abend. Da gab es keine Mineralwasserflaschen aus Plastik, wie sie unsere tapferen Jogger stets mit sich führen und aus denen sie alle zehn Minuten einen tiefen Schluck nehmen... Wasser gab es da oben im Steinbruch nur in einem rostzerfressenen Tank. Waschen konnte man sich damit, an heißen Sommertagen den verschwitzten Oberkörper erfrischen – aber trinken? Nur auf eigene Gefahr!

Und bei jeder der jährlichen „Röntgen-Reihen-Untersuchungen", die dem Aufspüren von Tuberkulose dienen sollten, zeigten sich immer wieder verdächtige Schatten auf den Lungen der Arbeiter, die vom stetigen Einatmen des Kalkstaubes stammten. Sehr alt wurde wirklich niemand von ihnen; nur wenige erreichten das Rentenalter; der Vater von Jürgen hustete sich bereits mit einundvierzig Jahren zu Tode. Goldene Zeiten für die Rentenkassen!

Der Vater von Jürgen hatte aber nicht im Steinbruch gearbeitet, sondern unten im Dorf im Kalkwerk, dessen zwei Schornsteine, riesige Türme aus Ziegelmauerwerk, schon von weitem zu sehen waren, wenn man sich dem Ort näherte. Und wenn einer von ihnen schwarze Qualmwolken ausstieß, dann wusste jeder im Dorf, dass Jürgens Vater dem Feuer mit vielen Schaufeln Kohle neue Nahrung gab, um die Steine zu Kalk werden zu lassen.

Er und die anderen Arbeiter hatten nicht nur diese Steine in den gewaltigen, tunnelartigen Bauch des Ringofens geschichtet und das Feuer durch stetiges Nachschaufeln von Kohle durch die Heizlöcher im Rücken dieses Monstrums am Leben gehalten. Waren die Steinbrocken „reif" gebrannt, luden sie diese wieder in eine Lorenbahn, die zur benachbarten Kalkmühle fuhr. Der geleerte Teil des Ofens, in dem immer noch eine glühende Hitze herrschte, musste gereinigt werden: Ruß und Kalkstaub reichlich auch hier für die Lungen. Und die schlimmste und gefürchtetste Arbeit war das Säubern der Rauchabzugskanäle. Durch „Mannlöcher" in den Seitenwänden des Tunnels musste man hinuntersteigen in die Schwärze unter dem Boden. Kriechend nur konnte man sich dort bewegen in diesem engen, gemauerten Rauchkanal, der schließlich in den Fabrikschornstein mündete. Wahrlich nichts für Leute mit Klaustrophobie – aber dieses Wort hatten die Arbeiter dort in diesen dunklen Schächten noch niemals gehört. Schwarz wie die Schornsteinfeger, hustend und mit tränenden Augen, kamen sie dann wieder zum Vorschein – nach Luft schnappend stellten sie sich neben eine der Zugangsöffnungen des Ofens und rauchten erst einmal eine Zigarette - „Aus guten Grund ist Juno rund!" - „Siehst du die Gräber am Wegesrand? Das sind die Raucher der Stuyvesant!" - „Siehst du die Gräber dort im Tal? Das sind die Raucher von Reval!"

Die Väter von Volker und von Jürgen waren die letzten, die in dieser Hölle arbeiten mussten. Im Zuge des Wirtschaftswunders waren die Ringofen-Kalköfen nicht mehr wettbewerbsfähig gegenüber den modernen, fast vollautomatischen Schachtöfen, die jetzt gebaut wurden. Eine riesige Investition, die von den Besitzern dieses Werkes nicht gestemmt werden konnte. Das Ende vom Lied kennt bis in die heutige Zeit jeder, der mit dem Kapitalismus vertraut ist: Verkauf des Kalkwerks an einen überregionalen Konzern, der dann von zehn Werken acht Werke schließt und die Belegschaft entlässt.

Die Aktionäre freut das; die Arbeiter, die ihr Leben und ihre Gesundheit dem Werk geopfert haben – wen interessieren die? Die bekommen ja schließlich „Stütze" reichlich, so etwa zwei- bis dreihundert Mark monatlich. Und die können sich ja in der Stadt eine neue Arbeitsstelle suchen, dann müssen sie nicht mehr eineinhalb Stunden dorthin laufen, sondern dürfen mit der Eisenbahn fahren – auch eineinhalb Stunden lang...

Viele Jahre hindurch hatte also das Kalkwerk den Bewohnern des Dorfes Arbeit und Brot gegeben: Jetzt lag es still und bewegungslos. Wie ein hingeducktes Monster reckte es noch immer seine dunklen Schornsteine gen Himmel.

Betreten war streng verboten. Der ehemalige Vorarbeiter Renziehausen war vom Abwicklungs-Konzern zum Aufseher verpflichtet worden. Niemand hatte auf dem Gelände des Werkes etwas zu suchen! Und schon gar niemand hatte das Gelände als Abenteuerspielplatz zu gebrauchen, wie es die Dorfjugend bereits nach wenigen Tagen tat. Wenn unser Mitschüler Willi aus dem elterlichen Kiosk gegenüber der Schule mal wieder eine Packung Juno hatte mitgehen lassen, dann kletterten wir in die Trockengerüste der ebenfalls stillgelegten Ziegelei, saßen dort ganz oben in der Dunkelheit unter dem Dach und pafften die filterlosen Glimmstengel. Bloß nicht einatmen! Ach, wie fühlte man sich doch so männlich bei dieser Qualmerei – bis dann ein wirklicher Mann auftauchte: der Aufseher Renziehausen!

Unwahrscheinlich, wie schnell und dabei fast geräuschlos die Bande die Holzgerüste hinunter wieselte und in alle Richtungen hin verstob, ohne je von Renziehausen dingfest gemacht zu werden. Aber vielleicht wollte er das ja auch gar nicht. Zu uns Jungs war er immer ausnehmend freundlich. Und das beruhte auf Gegenseitigkeit: Wir freuten uns immer ganz ungemein, wenn er nach der dritten Flasche Bier blank zog und mit den Worten: „Die Karre muss mal wieder geölt werden!", sein Fahrrad anpinkelte.

Eine Mutprobe war allemal das heimliche Betreten des schwarz gähnenden Mauls des riesigen Tunnels, das jeden zu verschlingen drohte, der sich ihm näherte. Und dann sich durch die absolute Finsternis vorantasten, immer in der Furcht, plötzlich abzustürzen in einen grauenhaften Schlund oder gegen eine Wand zu prallen, von der uneingestandenen Angst vor irgendwelchen gruseligen Kreaturen, die sich vielleicht im Innern des schwarzen Gewölbes versteckt hielten...

Aber mutig waren wir, sogar sehr mutig! Und als einer von uns, ich glaube, es war Eckhard, dann ganz stolz mit einer Taschenlampe aufkreuzte, da kannte unsere Abenteuerlust kein Ende mehr. Jetzt war endlich die Zeit gekommen, das Geheimnis dieser dunklen Mannlöcher in der Seitenwand des Gewölbes zu ergründen. Einer nach dem anderen zwängten wir uns hinein in den engen Schacht, kletterten über mehrere Eisenklammern hinunter. Gut, dass wir nur zu dritt waren, Eckhard mit der Lampe, Jürgen und ich. Der schwarze Gang dort unten, eng und niedrig wie er war, flößte uns keine Angst ein, wir hatten ja die Taschenlampe. Aber was uns Angst einflößte, folgte dann auf das Gelächter Eckhards, der sich plötzlich da vorne umdrehte, uns anleuchtete und losprustete: „Mann, ihr seht ja aus wie die Schornsteinfeger!" Und als er sich selber besah – da war er auch einer... Na, das würde etwas geben nachher zuhause...

Und dann war da plötzlich so eine eigenartige Helligkeit, vorn bei Eckhard, eine Helligkeit, die nicht von seiner Taschenlampe stammte, sondern die von oben herab strahlte: Wir hatten die Einmündung in den Schornstein erreicht. Dort in der Höhe ein grellweißer Schein, das Tageslicht, das wie eine leuchtende Scheibe auf der Mündung des schwarzen Schlotes lag.

Wie Frösche kamen wir uns vor, in einem unendlich tiefen Brunnen. Wir starrten hinauf zu dieser hellen Lichtscheibe, die auf dem runden Schacht ruhte und ein Teil ihrer Leuchtkraft durch die Schwärze des Schlundes bis zu uns herab sickern ließ. Schemenhaft nur konnten wir uns erkennen: drei Schornsteinfeger am Grunde der aufragenden Riesenröhre.

„Eigentlich müssten wir Sterne sehen können da oben, das hat Sokrates gesagt, der ist mal in einen tiefen Brunnen gestiegen!"

„Wer ist denn Sokrates?"

„Na, so ein griechischer Philosoph vor tausend Jahren..."

Was der Eckhard alles wusste! Wir wagten nicht weiterzufragen was denn so ein „Philo... hä?" eigentlich gewesen ist. Aber Sterne sahen wir nicht, dazu war diese Scheibe da oben viel zu grell. Allerdings konnten wir sehr gut die endlos lange Reihe der Eisenklammern verfolgen, die sich wie ein riesiger Reißverschluss an der Wand der schwarzen Röhre emporzog. „Das sind immer drei Stück auf einen Meter, hat mein Vater gesagt!" Jürgen spricht langsam, man merkt, wie er überlegt: „Wenn wir die jetzt alle zählen, müssen wir nur die Summe der Tritte durch Drei teilen – dann wissen wir, wie hoch dieser Schornstein ist!"

Und schon begannen wir zu zählen, stockten aber ab und zu, weil einige Sprossen dieser Riesenleiter fehlten. „Die müssen wir aber mitzählen!", sagte jetzt Eckhard. Und wir zählten weiter und kamen übereinstimmend auf 195 Eisenklammern. Jetzt war Eckhard gefordert, unser Rechengenie: „Das macht fünfundsechzig Meter!", verkündete er stolz. „Ganz schön hoch so ein Fabrikschornstein! Aber sonst würden wir ja hier im Dorf im Qualm ersticken..."

„Aber jetzt qualmt er ja nicht mehr..."

Unschlüssig schauten wir weiterhin nach oben und fühlten uns tatsächlich immer mehr wie kleine Frösche tief drunten in einem dunklen Brunnenschacht. Jürgen ergriff eine eiserne Sprosse, die sich direkt vor seiner Nase befand: „Traut ihr euch da hoch zu steigen? Mein Vater musste da immer rauf, wenn zu viel Ruß an den Wänden war. Da hat er mit einem Besen alles runter gefegt, abends war er dann immer völlig fertig, weil... er musste sich ja immer mit einer Hand festhalten und mit der anderen den Besen schwingen. Und dabei stundenlang auf diesen eisernen Haken stehen!"

Wir bezweifelten, dass ein Mensch so etwas überhaupt rein körperlich durchhalten könne – aber Jürgen bestand darauf, dass sein Vater die Wahrheit gesagt hatte. Sein Vater... seit zwei Jahren war er ja nun schon tot... mit 41 Jahren an seiner kaputten Lunge gestorben... Ruß und Kalkstaub...

Jürgen setzte seinen Fuß auf die untere Eisenklammer, griff hinauf und zog sich um einen Tritt nach oben. Mit einem Schmerzensschrei riss er seine rechte Hand von der Klammer: „Au, verdammte Scheiße... tut das weh!" Das Eisen war nicht nur rußig, sondern auch rostig, wie mit einem pickligen Ausschlag bedeckt, scharfkantig, spitz... da konnte man sich schon sehr wehtun.

„Wenn wir da raufklettern wollen, müssen wir uns unbedingt alte Handschuhe besorgen... so geht das überhaupt nicht!" Wir strichen vorsichtig mit den Händen über die eisernen Tritte und kamen überein, dass es ohne Handschuhe ganz unmöglich sei, den Aufstieg zu wagen. Ein wenig Erleichterung mochte wohl auch dabei mitschwingen, denn ganz wohl war uns allen dreien nicht beim Anblick dieser fast endlos in schwindelnde Höhe sich erstreckenden Eisenleiter.

Außerdem war unsere damals kärglich bemessene „Freizeit" wohl längst abgelaufen: Jürgen sollte seiner Mutter im Garten helfen, Eckhard in der Werkstatt seines Vaters – und ich hatte meinen Eltern fest versprochen, für die morgen anstehende

„Rechenarbeit" zu lernen, heute nennt man das ja „Mathe", hört sich auch viel akademischer an...

Also krochen wir wieder zurück in den Rauchsammler, fanden dort auch richtig unser auf dem Hinweg markiertes Mannloch, durch das wir uns nach oben in den Brennofen arbeiteten. Licht fiel durch zwei der offenen Zugänge, es schien uns schon hier im Tunnel fast taghell zu sein...

Und jetzt sahen wir aber auch das ganze Ausmaß unserer verdreckten Klamotten – einfach fürchterlich! Schlimm genug schon, so durch die Straßen heimwärts zu gehen unter den spöttischen Zurufen der Leute, die einem begegneten – schweigen wir davon... Schweigen wir auch davon, was uns dann jeweils zuhause erwartete... Die Prügelstrafe war ja in der Adenauerzeit noch legitim... hat uns aber allen nicht geschadet, wie es so schön heißt...

Meine Jacke war hinüber, die ließ sich nicht mehr waschen. Und eine zweite besaß ich nicht, welches Kind besaß damals schon zwei Jacken? So musste ich daher am nächsten Tag trotz Regenwetters im Pullover zur Schule und zur Rechenarbeit laufen.

Wie die Arbeit ausgefallen ist, weiß ich nicht mehr, ich weiß nur noch, dass mich dieser verdammte Schornstein nicht mehr loslassen wollte. Immerfort musste ich daran denken, wie toll das wäre, von Eisenklammer zu Eisenklammer sich hinaufzuziehen bis ganz nach oben. Dieser Ausblick von dort... und dann winken, wenn dort unten die Leute staunend stehen bleiben würden, vielleicht würde mich ja auch die schöne Annegret sehen, das Mädchen aus meiner Klasse, das ich so sehr verehrte...

Da hinaufklettern... immer nur Gedanken ans Klettern im Schornstein des Kalkwerks, Träume nicht nur bei Nacht, sondern auch am Tage...

Und dann fiel mir die Dynamo-Taschenlampe meines Vaters in die Hände, jene Lampe, die man durch eifriges Drücken auf einen seitlichen Hebel zum Leuchten bringen konnte, die zwar dabei viel Lärm machte, aber die keine Batterie brauchte.

Das war der endgültige Hinweis: Jetzt ist es soweit! Auf geht's... Ich war allein zu Haus, und in den beiden vergangenen Tagen hatte ich mir heimlich „Schornsteinkleidung" besorgt: Bauer Müllers Vogelscheuche stand jetzt ohne ihren grauen Arbeitskittel da, und die schlabbrige Trainingshose meines Nachbarjungen Wolfgang war von der Wäscheleine verschwunden. Nur mit den Handschuhen, das war sehr schwierig gewesen – aber bis meine Mutter die vermissen würde, hatte es ja noch viele Wochen Zeit: es waren ihre Winterhandschuhe.

Die geklauten Klamotten zusammengerollt unterm Arm – irgendwie musste ich immer denken: „Ist doch Jacke wie Hose...", Handschuhe und Taschenlampe in meiner eigenen Büxe verstaut, so machte ich mich auf den Weg. Jürgen war nicht da, er musste mit seiner Mutter auf dem Feld vom Bauern „Rüben verziehen", 50 Pfennig bekam er da für den Nachmittag. Seine Mutter verdiente etwas mehr, aber das rundete ihre Witwenrente auch nicht ausreichend auf...

Eckhards Vater öffnete. „Ich möchte mal fragen, ob Eckhard da ist!" - „Na, dann frag mal!" So war er, das war der trockene Humor von Eckhards Vater. Nein, Eckhard war beim Fußballspielen im Nachbarort. „Aber ihr macht ja sowieso immer nur Dummheiten, wenn ihr beisammen seid!"

Fort ging ich, allein. Allein schlich ich mich mit meinem Bündel ins Kalkwerk. Renziehausens Fahrrad lehnte nicht an der Mauer. Erleichterung – aber nur kurz. Denn mit dem Betreten des unheimlichen schwarzen Tunnels überfiel sie mich wieder, jene Furcht vor dem Unbekannten, das darin lauern mochte. Eine Furcht, die aber nicht verhindern konnte, dass ich unter eifrigem Drücken meiner Dynamo-Lampe mich hinein begab in die gruselige Unterwelt.

Zunächst zog ich den Vogelscheuchen-Kittel über – er war mir etwas zu groß. Dafür war die Hose von Wolfgang etwas zu klein und ließ sich nur sehr schwer über meine eigene ziehen. Wenigstens die Handschuhe meiner Mutter passten einigermaßen.

Hinabklettern in das enge Mannloch, dabei immer den Lampenmechanismus drücken: „Hui, hui, hui"... Doch, das Licht reichte aus, schon war ich im Rauchsammler angekommen und konnte mich wieder aufrichten. Unser Ziegelstein, den wir damals als Markierung vor „unserem" Mannloch hingelegt hatten, lag immer noch an seiner Stelle – aber wer hätte ihn in der Zwischenzeit denn auch wegnehmen können? Oder vielleicht doch... in diesem riesigen schwarzen Raum, in den die noch schwärzeren Zugänge aus dem Brennofen mündeten.

Still war es hier, sobald ich die Dynamo-Taschenlampe nicht mehr drückte, still war es, unheimlich still und natürlich jetzt stockdunkel. Wenn jetzt die kleine Glühbirne plötzlich nicht mehr leuchtete... totale Finsternis rundherum, wie könnte ich hier jemals wieder herausfinden...? Gleich ließ ich den Dynamo heftig aufheulen und schaffte mir einen Lichtkegel, der mir den Weg in den Schornstein wies.

Und dann stand ich endlich wieder da – unter der hellen Scheibe, die durch den finsteren Schlot herabstrahlte, vor den eisernen Klammern, die hinaufführten, hoch hinauf in den Kamin, wie ein gigantischer Reißverschluss, dem aber einige Zähne fehlten...

Die Taschenlampe brauchte ich jetzt nicht mehr und legte sie auf dem Boden ab. Aber nun hinauf! Die Handschuhe waren sehr von Nutzen, denn die Eisenstangen kniffen und stachen auch durch das Wildleder hindurch noch ganz beträchtlich. Das Klettern ging zunächst bequem, da die einzelnen Tritte ja nicht zu weit auseinander lagen - drei auf einen Meter. Ich kam ganz gut voran, bis dann wohl in zwanzig Metern Höhe die erste Eisenklammer fehlte. Egal – etwas höher gefasst, einen größeren Schritt nach oben – und schon war es geschafft!

Ungefähr in der Mitte dann – es möchten wohl dreißig Meter sein – da fehlten dann zwei Klammern – und da wurde mir doch unwohl: Hinauf war ja zu schaffen, etwas Hangelei, und schon war die Lücke überbrückt. Aber dann nachher wieder hinunter: Wie sollte ich das denn schaffen, da ich nach unten zu rein gar nichts sehen konnte durch meinen eigenen Schatten, der das Licht von oben verschluckte.

Ein Ruck, ich zog mich hinauf: Aber das Eisen gab nach und drohte herauszufallen. Mit Mühe erreichte ich den Tritt darüber, während unter meinen Füßen die beschädigte Klammer ausbrach und in der Tiefe verschwand. Ich hielt mich krampfhaft mit beiden Händen fest – dieser Bügel hielt! Während ich mich daran hochzog, klirrte tief unter mir das herausgebrochene Eisen beim Aufprall auf den Boden. „Hoffentlich ist es nicht auf meine Lampe gefallen!", dachte ich und kletterte weiter, den Blick nur nach oben zur hellen Scheibe Himmels gerichtet, zu diesem Licht, das mich ungeachtet aller Ängste so stark anzog, dass ich Bügel für Bügel weiterkletterte, in fünfzig Metern Höhe fehlte wieder einer – aber die anderen waren sehr stabil verankert, und so zog ich mich immer weiter in die Höhe, immer näher zur Mündung des schwarzen Schachtes in das helle Sonnenlicht.

Schwierigkeiten machte mir immer stärker mein Schutzkittel, den ich von Müllers Vogelscheuche ausgeliehen hatte: ständig trat ich auf seinen Saum und konnte dann nicht weiterklettern. Vor jedem Tritt schob ich nun den jeweiligen Fuß zwischen der Kittelöffnung hindurch. Erst nach Prüfung des sicheren Standes dann den anderen Fuß ebenso vorsichtig zwischen den Kittelteilen hindurchgezogen – und dann weiter hinauf!

Die Arme taten weh, von den Händen ganz zu schweigen. Doch es waren nur noch wenige Meter bis zum heiß ersehnten oberen Rand des Kamins, nur noch wenige Eisenklammern – eine fehlte noch, die anderen saßen aber fest.

Und dann war er da, der große Augenblick: Meine rechte Hand verließ den letzten Eisengriff, mit der linken klammerte ich mich am Blitzableiter neben den Ziegelsteinen der Schornsteinmündung fest. Ich hatte es geschafft! Ich war ganz oben! Ich war der Höchste, der Größte, der Beste!

Und ich schaute über das Dorf, über die sonnigen Felder, über die Wälder, die alles umrahmten, bis hin zu den Bergen, die das Tal einfassten. Schön war es hier oben, so wunderbar... schade, dass Jürgen und Eckhard nicht dabei waren! Aber wie hätte das denn hier oben gehen sollen, zu dritt auf dem Rand des Schornsteins in so schwindelnder Höhe?

Ich wagte einen Blick hinweg über die Ziegelsteinumrandung nach unten: Eisiger Schreck durchfuhr mich bei diesem Anblick! Erst jetzt konnte ich ermessen, in welch grausiger Höhe ich mich hier oben befand! Der Schornstein wirkte nach unten zu immer dünner, fast sah es so aus, als könne er jederzeit abbrechen und umfallen...

Und da unten auf der Straße rief jemand und winkte: Das war leider nicht Annegret, das war Tante Emmy, die immer alles wusste und die ein wenig seltsam war... Ob man ihr diese Erscheinung da oben auf dem Schornstein glauben würde?

Ich konnte nicht länger hinunterblicken. Bisher hatte ich nicht gewusst, was Höhenangst ist – jetzt war es mir schlagartig bewusst geworden!

Angstvoll zog ich meine rechte Hand vom Blitzableiter langsam über die Steine des Kaminrandes zurück an die obere Eisenklammer, die ich jetzt mit beiden Händen sehr fest, fast panisch, umklammerte. Nur nicht mehr nach unten schauen! Nur jetzt nicht hinabblicken in das schwarze Entsetzen, das dort im Finsteren auf mich lauerte!

Die fehlenden Eisenklammern, die gewaltige Höhe – wie sollte ich den Weg nach da unten mit heilen Knochen schaffen? Und was, wenn ich abstürzte? Niemand wusste wo ich hier war... ich stellte mir vor, wie ich da unten mit zerschmetterten Körper lag und mich langsam in ein Skelett verwandelte, unbemerkt von Renziehausen und von der ganzen Welt. Und meine Eltern?!?

Vorsichtig stieg ich abwärts, immer erst mit dem Fuß tastend, dann die eine verkrampfte Hand lösen und nach unten zur nächsten Klammer greifen lassen, langsam, langsam, immer so weiter. Und mit jedem Tritt sagte ich mir: „Wieder 30 Zentimeter näher am Erdboden..."

Aber das Schlimmste wartete ja noch auf mich, in immer noch schwindelnder Höhe über diesem schwarzen Höllenschlund: die drei fehlenden Klammern... Wenn ich jetzt doch die Lampe hätte zum Hinableuchten... Doch mit einer Hand mich nur festhalten? Diese Kraft hätte ich nicht mehr gehabt. Die Handschuhe waren völlig verschlissen und boten kaum noch Schutz vor den scharfkantigen Roststellen.

Also: tasten mit dem Fuß! Gut, noch ein Tritt, noch einer... Vorsicht, der nächste gibt etwas nach beim Drauftreten... dann stehe ich wieder auf dem Kittel und muss behutsam das Bein etwas anheben, um den Fuß frei zu bekommen.

Und dann: nichts zu tasten unter mir, hier ist die Stelle, wo die drei Tritte fehlen. Ich hänge an der letzten Klammer, die gottseidank stabil ist und ich ertaste den nächsten Tritt einen Meter unter mir. So, wie jetzt weiter? Die fest umklammerte Eisenstange loslassen? Wie soll ich jemals die Klammer da unten zu fassen kriegen, auf der ich stehe? Ich werde abstürzen... ich bin doch kein Artist im Zirkus Sarrasani... unter mir lauert das schwarze Entsetzen! Die helle Scheibe des Sommerhimmels über mir ist schon recht klein geworden, aber ich befinde mich noch immer in dreißig Metern Höhe.

Ach, hätte ich doch jetzt meine Lampe... Vielleicht könnte ich damit irgend einen Vorsprung, einen Mauerspalt, entdecken, an dem ich mich festhalten könnte... Aber frei balancierend auf dieser verdammten Klammer stehen und dann mit beiden Händen zu ihr hinunter greifen??...

Unter mir lauert das schwarze Entsetzen, der finstere Abgrund! Ich kann nicht mehr denken... Ach was – ich mach's!

Und das Wunder geschieht! Beim tiefen Bücken falle ich nicht nach hinten, sondern greife, allen Regeln der Schwerkraft zuwider, die Klammer, auf der ich stehe mit beiden Händen, klammere mich fest - Klammeraffe ist schon das richtige Wort für diesen Zustand – und dann geht's weiter abwärts, Stufe für Stufe, Klammer für Klammer – immer dreißig Zentimeter dem Boden entgegen. Noch ein fehlender Tritt – aber das ist nach dem überstandenen Abenteuer da oben ja lachhaft – und dann wird das schon nicht mehr Geglaubte, nicht mehr Erhoffte, dann wird das Wunder zur Wirklichkeit: ich bin zurück auf dem Boden.

Meine Taschenlampe liegt, im fahlen Lichtschein von oben eben noch zu erkennen, bedenklich nahe an der herabgestürzten Eisenklammer.

Ich setze sie in Betrieb, hui, hui, hui – kaum kann ich die Hand noch bewegen, beide Handschuhe sind hin – ich werfe noch einen letzten Blick nach oben zu der hellen Scheibe, zu diesem winzigen Teil des Sommerhimmels über dem gruseligen schwarzen Schacht, und das schwarze Entsetzen nimmt dann endgültig von mir Besitz, als ich sie sehe, die Lücke der drei fehlenden Eisenklammern so hoch dort oben, diese fehlenden Zähne in dem Riesen-Reißverschluss, der dort hinaufführt, hinauf in diese Höhe, die ich ums Verrecken niemals wieder zu erklimmen suchen werde.

Die Vogelscheuche von Bauer Müller trug tags darauf wieder ihren Kittel, nur war er um einige Nuancen dunkler als vorher. Wolfgangs Trainingshose hatte ich im Rauchsammler zurückgelassen, die Reste der Handschuhe meiner Mutter ebenfalls... Aber die würde sie ja erst in einigen Monaten vermissen...

Und als ich am nächsten Tag durch das Dorf ging, begegnete mir Tante Emmy. „Guten Tag, Schornsteinfeger!", begrüßte sie mich.

Die drei Frauen im Leben des Mario B.

Spätsommerabend. Aufatmen nach der Hitze des Tages. Ein Glas Rotwein auf dem Terrassentisch, ein älterer Mann in Reichweite des Weins ausruhend in einem Korbsessel. Der Mond steigt über den Bergkamm – es ist Vollmond heute, und das ist ein Fest für den Mann, der „mondnarrisch" ist. Er sitzt im Sessel, trinkt von seinem Wein, schaut den dicken, runden Gesellen am Himmel an, dann wieder blickt er in ein Buch, das aufgeschlagen in seinem Schoß liegt. Wir Zuschauer dieser Wilhelm-Raabe-Idylle erkennen im blassen Licht zwei leere Seiten, auf deren rechter eine Büroklammer zu sehen ist, nicht am Rand aufgesteckt, sondern mitten auf dem Blatt offensichtlich festgeklebt. Der Mann schaut abwechselnd in den Mond und dann wieder hinunter auf die aufgeklebte Büroklammer. Und dann vernehmen wir seine leise, gebrochene Stimme: „Ach, mein Elfchen!"

Höchste Zeit, den Mann allein zu lassen in seiner Vollmond-Idylle! Machen wir eine Reise um vierzig Jahre zurück in das Großraumbüro eines expandierenden Konzerns!

Und da vorn am Schreibtisch, vor einem Karteikasten, da sitzt er, unser Mond- und Büroklammeranbeter. Ja, er sieht jetzt wesentlich jünger aus, und er lässt seine Blicke auch hier hin- und her schweifen – zwischen seinem Karteikasten und dem Schreibtisch zwei Reihen links vor ihm. An diesem Schreibtisch sitzt ein zauberhaftes Wesen, eine

„Sachbearbeiterin" - völlig unpassender Name für so ein elfengleiches Wesen. Und so nennt er sie auch für sich, „mein Elfchen", wenn sein Blick mal wieder von den Karteikarten hinübergleitet zu ihr. Conny Bollmann heißt sie – das klingt noch schlimmer als „Sachbearbeiterin", aber für ihren Namen kann sie ja nichts. Und außerdem : „Conny", na – da ist doch die süße Cornelia Froboess, deren Filme er so gerne anschaut im Kino. Wie hat er sie geliebt in der Rolle als Claire in der Tucholsky-Verfilmung von „Rheinsberg"! Und wie eifersüchtig war er auf den tollen Rock'n-Roller Peter Kraus, wenn er sie in „Wenn die Conny mit dem Peter" erlebte, wenn er ihre schöne Stimme hörte, einfach hin und weg war er. Also, „Conny" war schon in Ordnung für diese süße Sachbearbeiterin... Und ganz verrückt nach ihr war er geworden, als eine Kollegin ihm zugeflüstert hatte, was „die Bollmann" über ihn erzählte: „Sagen Sie dem mal nicht, dass er schöne Augen hat, sonst bildet der sich noch was ein!" Oh, jetzt war es ganz um ihn geschehen, und seine Blicke weilten jetzt öfter auf seinem Elfchen als auf seiner Arbeit.

Und eines Tages stand das Mädchen auf, kam zu ihm herüber, legte eine Büroklammer auf seinen Schreibtisch und sagte fröhlich: „Da, die schenke ich Ihnen!" Unser junger Mann hatte sich bei ihrem Herannahen über seine Karteikarten geduckt. Und in seiner witzigen Art, für die er überall bekannt war, sprang er jetzt auf, verbeugte sich tief und sagte:"Herzlichen Dank für diese großzügige Gabe! Ich werde sie stets zu Ihrem Andenken in Ehren halten!" Verbeugte sich nochmals tief, worauf das Elfchen kichernd davonflatterte.

Ja, das war's dann auch schon. Auch diese Conny fand ihren Peter, den leitenden Geschäftsführer Dr. Peter Mollenkopf. In den folgenden Jahren dann näherte sich Frau Cornelia Bollmann-Mollenkopf körperförmlich immer mehr ihrem Namen an, aber das bekam unser junger Mann nicht mit.

Er hatte an jenem Tag ganz glücklich die Büroklammer in der linken Tasche seines Oberhemdes verstaut – genau über dem Herzen – und hatte sie daheim in sein altes Poesiealbum geklebt. Nicht mit Tesafilm – nein, das hätte ja die Aura zwischen ihm und der Klammer gestört – sondern mit UHU-Alleskleber.

Und da er, ähnlich wie Bertolt Brecht seine Marie A., das Elfchen niemals wiedersah, blieb es ihm erhalten in seiner bezaubernden Erscheinung bis zum heutigen Abend, an dem er bei Vollmond und Rotwein, sein aufgeschlagenes Album auf den Knien, die Büroklammer anblickt und dabei immer wieder seufzt: „Ach, mein Elfchen!"

Marios Trauer um das verlorene Elfchen war damals so groß gewesen, dass er sich in eine andere Stadt hatte versetzen lassen. Und hier lernte er, mitten in seinem Liebesleid, die zweite Frau seines Lebens kennen und lieben. Sie bediente ihn manchmal in der Bäckerei, von der er seine Frühstücksbrötchen holte. Er war der liebreizenden Gestalt dieses Mädchens vom ersten Augenblick an verfallen, erinnerte sie ihn doch lebhaft an die entzückende Kindfrau des Neuen

Deutschen Films, an Helga Anders. Nun, nach einer Sachbearbeiterin, war er in eine Backwaren-Fachverkäuferin verknallt. Er nannte sie bei sich „Meine schöne Bäckerin" und sang immer wieder im Stillen aus Schuberts „Schöner Müllerin": '*und wenn sich die Liebe dem Schmerz entringt, / Ein Sternlein, ein neues am Himmel erblinkt, / Da springen drei Rosen, halb rot und halb weiß, / Die welken nicht wieder, aus Dornenreis.*'

Die schöne Bäckerin strahlte ihm stets so fröhlich entgegen, dass sein ganzer langer Arbeitstag übersonnt war. Einmal war sie gerade damit beschäftigt, frisch geliefertes Gebäck im gläsernen Tresen auszulegen. „Die Hörnchen müssen lachen!", erklärte sie ihm ernsthaft. Als er sie fragend anschaute, hielt sie ihm, entrüstet ob seines Unverstandes, eines der Hörnchen mit ihrer silbernen Zange entgegen – und wirklich: sie hätte die Erfinderin des später so häufig auftauchenden Smileys sein können – das Hörnchen lachte! Zum Gegenbeweis drehte sie es nun mit ihrer Silberzange um: „So... so sind sie traurig!"

Und Mario kaufte sogleich dieses Demonstrationsobjekt als Andenken an die denkwürdige Szene mit seiner schönen Bäckerin. Doch im Gegensatz zu seinen Frühstücksbrötchen aß er es nicht auf, sondern ließ es trocknen zu einer haltbaren Mumie. In sein Poesiealbum konnte er es ja nicht kleben, sondern er bewahrte es in einer bunten Marzipanschachtel auf. An besagten Vollmondnächten mit Rotwein lag das Hörnchen dann neben seinem Album auf dem Terrassentisch und lachte ihn an. „Ach, meine schöne Bäckerin...", seufzte der langsam alternde Mario dann...

Auch mit der zweiten Frau in seinem Leben kam es zu keiner weiteren Annäherung. Fräulein Fischer, so hieß das schöne Mädchen damals, denn da gab es noch „Fräuleins", Fräulein Fischer mit dem höchst unpassenden Namen für eine Backwaren-Fachverkäuferin, hatte geangelt, und zwar den Juniorchef einer Wurstfabrik. „Als Verlobte grüßen...", so stand es damals in der Zeitungsanzeige. Den Namen des Verlobten hatte Mario verdrängt, und die schöne Bäckerin hatte er niemals wieder gesehen. An Vollmondabenden ließ er das Hörnchen lachen und sang leise vor sich hin: „*Gute Nacht, gute Nacht, / Bis alles wacht, / Schlaf aus deine Freude, schlaf aus dein Leid. / Der Vollmond steigt, / Der Nebel weicht, / Und der Himmel da droben, wie ist er so weit.*"

Und die dritte Frau im Leben des Mario B.? Machen wir nochmals eine Reise in die Gegenwart, schauen wir ein wenig seiner Vollmond-Idylle auf der Terrasse zu: Das Hörnchen hat gerade zum Rotwein gelächelt, das leise Schubert-Lied ist verklungen. Und nach einem weiteren Schluck Rotwein schlägt der ältere Mann jetzt sein Poesiealbum auf. Die Seite mit der Heftklammer glänzt matt im Mondlicht. Er streicht zärtlich über das Papier und über die Klammer und will grade seufzen: „Ach, Elf...", da erscheint eine drohende Gestalt in der Terrassentür, die mit wütender Stimme zetert: „Da sitzt dieser Herr mal wieder im Mondlicht und glotzt so romantisch!

Du kannst doch nicht einfach hier sitzen! Morgen ist die Steuererklärung fällig, und der Wasserhahn im Badezimmer tropft noch immer!"

Der Seufzer von Mario B. vervollständigt sich: „Ach, Elfriede!"

So, das ist also die dritte Frau in seinem Leben. Jetzt kennen wir sie alle. Nun aber schleunigst fort von hier, weit weg, immer den schönen Träumen hinterher!

Die Puppe

Der Mann ging durch die Fußgängerzone – missmutig, denn es regnete, und das vorweihnachtliche Getriebe und Gedudel ödete ihn an. Kaum dass er die Auslagen der vollgestopften Schaufenster eines Blickes würdigte. Den Mantelkragen hochgeschlagen, die Hände tief in den Taschen vergraben, ging der Mann eiligen Schrittes durch den Nieselregen des dunklen Dezembertages, und er achtete nicht auf die bunten Lichter, die auf dem nassen Pflaster schwammen, er hörte kaum die Drehorgelmusik und roch nicht den Duft von Popcorn und gebrannten Mandeln.

Der Mann ging durch den Nieselregen, grämlich in sich selbst versenkt, und er dachte und empfand – nichts. Der Mann wirkte jünger als er war, ein wenig studentenhaft, und er war stolz darauf, wenn man ihn mit „Junger Mann" ansprach. Aber sein Herz war alt, sehr alt, und er selbst war müde und resigniert.

Er schritt durch den Regen. Drückende Sorge saß auf seinem Gemüt und ließ keinen Gedanken aufkommen. Alltag, Alltag, jeden Tag Alltag, jeden Tag einen Tag älter, einen nutzlos verbrachten Tag näher dem Grabe zu, Alltag, Alltag, immer schneller dem Ende entgegen. Und keine Lösung der täglichen Probleme und keine Hoffnung auf Arbeit und Geld, und die Zeit läuft dahin, fließt und rutscht wie der Schneematsch vom Dach, und wir rutschen mit und rutschen immer schneller und dann: der Fall ins Bodenlose, platsch, peng, aus!

Der Mann ging eilig durch den Regen, ohne Freude, ohne Hoffnung, ohne Gedanken. Da – plötzlich – er war bereits einige Schritte vorüber gegangen, hatte ihm etwas das Herz berührt, hatte irgendeine stille Glut, die dort noch glimmen mochte, mit mächtigem Atem zu lodernder Flamme entfacht. Wie der Blitz kam die Erkenntnis: Das ist SIE, das war SIE! Und er drehte sich um, bestürzt, erschreckt und unsicher und ging die wenigen Schritte zurück, bis zu jener Stelle, bis zu jenem Ereignis, das ihn so angesprungen hatte, so überwältigt, so jung gemacht im Bruchteil von Sekunden.

Und er sah: In einem Schaufenster eine dieser lebensgroßen, lebensechten Puppen. Und diese Puppe schaute ihn an mit dem traumgrauen Blick aus dunkelbewimperten Augen, mit dem ihn vor vielen Jahren sein Mädchen angeschaut hatte. Weiche braune Locken umrahmten ein entzückendes Gesicht, das ohne jeden Zweifel das ihrige war. Hier stand das absolute Ebenbild jenes Mädchens im Schaufenster, dem er vor mehr als fünfzehn Jahren ein ungeschicktes Gedicht geschrieben hatte, verschämte Jünglingsverse, die niemals ihre Empfängerin erreichten:

Singt Raschelwind im Mohnhaus
Abendlied goldgestickter Grauwolke,
Summt sanftere Weisen
Auf zitternden Drähten
Zartem Blassmond,

Wispert schlaftrunken sein Glück
Dürren Gräsern und trockenen Blättern.

Unter kreisenden Sternen
Klingt leise silberne Flüsterpappel,
Und schwarz in mondener Tiefe
Strömen nächtliche Wasser.
Von Dir dann träumt
Raschelwind im Mohnhaus,
Von Dir und Deinen
Weichen braunen Locken,
Die er am Tage streicheln durfte.

Und ich
Sehne mich
So sehr
Nach einem traumgrauen Blick
Aus Deinen Augen!

Das war sie, dort im Schaufenster, dort stand sein Mädchen! Fasziniert starrte er die Puppe an, er merkte nicht, dass sich die Menschen um ihn herum weiterschoben, dass es nieselte, dass es nach gebrannten Mandeln roch... oh doch, das nahm er plötzlich wahr. Er hörte auch die Drehorgelmusik und, als sei ein eisiger Panzer von seinem Herzen abgefallen, fühlte er die zarte Erregung, das Pulsieren des Blutes, ein Rauschen in den Adern, ein Gefühl des Ganz-Jung-Verliebtseins, er war viele Jahre jünger und er ging mit seinem Mädchen über den Weihnachtsmarkt! Alles war wieder da, alle Gedanken, alle Gefühle, das Jauchzende, Übersprudelnde, das „Was-kostet-die-Welt?", das große Glück der ersten, der tiefsten und der unvergänglichen Liebe.

Er stand vor der Glasscheibe und starrte hinein, und die Sehnsucht wollte ihn fast zersprengen. Er fühlte sich so neu und so jung und so stark und so voller Hoffnung – und er bemerkte nicht, dass die Menschen um ihn her sich anstießen und über ihn lachten, über diesen Mann, der da so gebannt die Auslagen eines Damenmodengeschäftes betrachtete.

Endlich kam es ihm aber doch zu Bewusstsein, und er riss sich los. Wie aufgetaucht aus einem tiefen Traum, durchstieß er die Eisdecke der Wirklichkeit. Er drehte sich um und ging weiter. In seinem Herzen summte es, pulsierte, das Blut durchtoste seine Adern, er war jung und er war glücklich.

Und dann macht er wieder kehrt. Er musste einfach zurück gehen zu jenem Schaufenster und nochmals das Wunder betrachten. Die zärtliche Gestalt seines Mädchens; genau dieses blaue Kleid hatte einst ihre geliebte Gestalt umhüllt; er war fassungslos und konnte es nicht begreifen.

Er wusste nur eines: sein Mädchen durfte auf keinen Fall in jenem Schaufenster stehen bleiben, ausgesetzt den Blicken des vorbeiströmenden Pöbels. Er musste sie dort herausholen, koste es was es wolle! Dennoch zögerte er lange, ging viele Male auf und ab, wie ein Satellit, immer im Anziehungsbereich des schönsten Traumes seiner Jugend.

Dann betrat er das Geschäft, murmelte irgendetwas von Künstler und Modell und Puppe im Schaufenster und bezahlen... aber der von den erstaunten Verkäuferinnen herbeigerufene Geschäftsinhaber zog bedauernd die Schulter hoch, die Puppe sei unverkäuflich, sie sei Eigentum des Grossisten, der sie im übrigen in der nächsten Woche gegen eine andere Figur austauschen werde. Figur sagte der!

Als der Mann das Geschäft verließ, spürte er die Blicke des Personals wie Glasscherben in seinem Rücken. Nein, nochmals würde er das Geschäft nicht betreten. Figur... mein Mädchen, mein Liebes... er schluchzte gequält auf und war wenig später in der hereinbrechenden Dunkelheit verschwunden.

Gegen drei Uhr morgens wurde ein Funkstreifenwagen in die Fußgängerzone beordert. Dort war unter lautem Geklirr die Schaufensterscheibe eines Modehauses eingeschlagen worden. Zeugen, die gleich darauf ihre Köpfe aus den Fenstern der umliegenden Häuser gereckt hatten, sagten übereinstimmend aus, ein junger Mann sei mit einer Schaufensterpuppe in den Armen durch die kleine Seitengasse geflüchtet. Verfolgt... nein, verfolgt habe ihn keiner... denn bei solchen Irren müsse man ja mit dem Schlimmsten rechnen.

Den Schaden beglich die Einbruchs-Diebstahlversicherung. In der Lokalzeitung erschien eine kurze Glosse zum Puppenraub, und nach wenigen Tagen war die ganze Sache in Vergessenheit geraten.

* * *

In seiner Wohnung sitzt der junge Mann und trinkt Kaffee. Ihm gegenüber in einem Sessel, den Rock hochgerutscht, so dass man ihre hübschen Beine sehen kann, liegt mehr als sie sitzt, die Puppe. Ihre weichen braunen Locken sind zerzaust, denn der junge Mann ist ungeschickt im Frisieren. Still vergnügt sitzt er am Tisch, tunkt ein Weihnachtsplätzchen in seinen Kaffee und lächelt der Puppe zu. Und ich glaube fast, ja ich bin sicher, ich bin ganz sicher: sie lächelt zurück!

Die Stiere von Gonfaron

Kurz vor dem Ziel heißt noch lange nicht: angekommen. Denn in Gonfaron ist die Straße aufgerissen: Déviation – Bauarbeiten. Engstellen und Sackgassen. Beim Rückwärtsfahren krachen wir auf einen sehr hochstehenden Kanaldeckel. Die Karre sitzt fest.

Auch als die Frauen ausgestiegen sind, bewegt sie sich keinen Millimeter. Die Vorderräder wühlen sich tief in den weichen Kies. Sahara-Feeling: Fußmatte als dilettantische Rettung fliegt nach hinten weg. Auch drei schiebende Männer helfen nicht weiter. Hinter uns hat sich bereits eine lange Autoschlange gebildet.

Einer der ausgestiegenen Männer will uns mit seinem 4x4 abschleppen. Wird er uns dabei den Boden abreißen? Schlimm genug hatte es ja gekracht.

In diesem Moment tauchen als rettende Engel zwei kräftige Gestalten auf: Nackte, muskulöse Oberkörper! Sie stellen sich rücklings gegen den linken vorderen Kotflügel, greifen kurz unter sich und heben mit einem gewaltigen Ruck die Karre hoch und zur Seite. Das Auto ist frei!

Katja seufzt aufatmend: Mann, das waren ja Stiere! Und wir können jetzt endlich ankommen.

Die rote Ampel

Rückfahrt vom Strand Argentière vom Baden bei Zikadengeschrei. In Hyères plötzlich Polizei mit Blaulicht und heulender Fanfare. Ich fahre rechts ran, der Polizeiwagen überholt und stoppt vor uns.

Ein schwarz gekleideter Gendarm steigt aus, schwer bewaffnet, mit gewichtigem Schritt kommt er auf uns zu. Ein Priester schwalkt vorbei, begrüßt vom Gendarm, dessen Miene sich sofort wieder verfinstert, als er sich zu meinem herabgelassenen Fenster beugt – Hochwürden hilf... doch der ist längst davon... Ich hätte soeben le feu rouge überfahren, ça coûte quarante Euros... Votre permission de conduire, s.v.p.

Ich starr vor Schreck wie die übrige Familie, fingere meinen uralten grauen Lappen aus der Tasche. Der Gendarm wirft einen Blick darauf und seine Miene heitert sich auf, heiterer noch als beim Priester-Gruß. Er lacht sogar – und lachend sagt er: Alors, je vous fais cadeau des quarantes Euros – Ich schenke Ihnen die vierzig Euro. Gehen sie mit Ihrer Familie davon essen. Schöne Ferien!

So sehr hat ihn mein altes Foto mit langem Haar und Koteletten amüsiert. Bon voyage, adieu... Und erleichtert reisen wir von dannen…

Ja, das ist Frankreich!

Eine Erntegeschichte

Diese Geschichte spielt im Hochsommer, in den „Hundstagen", wie man zu der heißesten Zeit des Jahres sagt, wenn der Sirius, der Hundsstern, am grellen Mittag im Süden steht. Ernte aber lässt an den Herbst denken, an kalten Wind, der über traurigen Stoppelfeldern dicke graue Wolken zusammentreibt, an Drachensteigen und an rauchige Kartoffelfeuer.

Die Geschichte, die ich erzähle, ist schon über fünfzig Jahre alt – das ist mehr als ein halbes Jahrhundert!

Ich war damals ein kleiner Junge und lief den ganzen Sommer hindurch barfuß. Das konnte man vor fünfzig Jahren noch in unserem Dorf, obwohl die Straßen nicht „so schön" asphaltiert waren wie heute, obwohl man sich auf den steinigen Wegen oft die Zehen blutig stieß oder in Scherben trat – die Sommer waren heiß und trocken, so heiß, dass man in den großen Ferien (man blieb zuhause!) oft wochenlang nur in der Badehose durch Felder und Wiesen rannte, um all das anzuschauen, was so interessant und täglich neu auf ein kleines Jungenleben einstürzte.

Ich spüre noch die zitternde, glastende Juliluft auf meinem Körper; ich weiß noch, dass ich mich wohlig wie ein Tier in der trockenen Hitze wälzte, die das reife Getreide knisternd springen ließ. Diesen zarten, geheimnisvollen Ton habe ich neulich zum ersten Mal seit langer Zeit wieder gehört – und er brachte mir, zusammen mit dem Duft des reifenden Getreides und mit dem Sommerwind, der zart durch die Ähren strich, die Geschichte wieder, die ich jetzt erzählen will, die Geschichte eines Sommertages aus meiner Kindheit.

Als Kind bin ich immer sehr früh aufgestanden und lief bereits durch die taufeuchten Wiesen, wenn noch alles still und schlafend lag. Ich rannte aus voller Kraft den Fußpfad zwischen Roggenfeld und Kuhweide bergan, voller Freude und so leicht wie ein Vögelchen. Dort oben gab es damals Gärten, in den Wiesen standen große Apfelbäume, und ich wollte Leute besuchen, die dort in ihrem Garten zu arbeiten hatten.

Aber es war noch viel zu früh. Ich war ganz allein dort oben und kurvte, noch immer so schnell ich konnte, zwischen den Beeten über die schmalen, festgetretenen Erdpfade. Noch immer war alles still, nur die Lerchen trillerten hoch oben in der Luft, und vom alten Kalkwerk aus dem Dorf hörte man fernes Poltern und Rollen... Die Sonne trank die Tautröpfchen, das Glitzern im Gras verlor sich, und über den Dächern im Dorf zeigten sich lange, weiße Rauchfahnen.

Ich grub mit meinen Händen ein Loch in eines der Beete; hier sollte ein Teich entstehen, stellte ich mir vor, ein Teich mit Fischen darin und mit Seerosen, und groß sollte er werden, so groß, dass man auch mit einem Boot darauf fahren könnte. Unter meiner Buddelei (ich war schon recht tief in die weiche Muttererde vorgedrungen) stellte ich mir lebhaft vor, was für ein prächtiges Boot es werden würde:

nicht so einer dieser aufgeschnittenen Flugzeug-Benzinkanister, wie sie die Kinder aus dem Dorf für ihre Fahrten auf dem kleinen Fluss verwendeten, Kanister, die von den Bombenflugzeugen während des Krieges abgeworfen worden waren – nein, es sollte ein prächtiges, buntes Boot werden mit einem Kiel, damit es nicht so leicht kippen konnte...

Bäng – Peng – Knall!! Das waren zwei, drei schallende Ohrfeigen, die mich in die Wirklichkeit zurückholten: Die Leute, denen der Garten gehörte – und das völlig zerwühlte Gurkenbeet – waren nämlich zur Gartenarbeit erschienen.

Auf flog das Vögelein, auf und davon, nicht im mindesten gekränkt, eher gestört und belästigt. Die Füße tappten durch den dicken Staub des Feldweges – tapp - tapp – tapp, angenehm weich und warm war dieser Staub – und wenn man schnell lief und fest, ganz fest auftrat und dann die Füße nach hinten wegschnellte, so hatte man fast so eine prächtige Staubwolke hinter sich wie Bauer Müller, der soeben mit seinem Pferdewagen angefahren kam.

Die beiden dicken Ackergäule Max und Hektor nickten im Takt mit den Köpfen, die Eisenreifen der großen Holzspeicherräder blitzten und glänzten im Sonnenschein, und der Wagen rumpelte und rüttelte bei der schnellen Fahrt. Der alte, schlohweiße Bauer ließ mich vorne aufsitzen. Er rückte beiseite auf seiner dicken, grünen Joppe, mit der er seinen Sitz gepolstert hatte. Ich bekam die Zügel in die Hand und zog mal rechts mal links, wie ich das gesehen hatte, ohne die dicken Gäule aus dem Gleichmaß ihrer Bewegungen oder gar aus der Richtung zu bringen.

Während ich unsagbar stolz lenkte (schade nur, dass mich keiner sehen konnte!), schraubte der Bauer seine Blechflasche auf und trank aus dem Becher seinen Kaffee; dazu aß er ein großes Brot, dick mit Wurst belegt... Ich muss wohl recht hungrig dreingeschaut haben, denn er nahm jetzt die Zügel, legte sie einfach locker zwischen uns und ließ mich teilhaben an seiner Mahlzeit. Das war etwas! Durch den jubelnden, zwitschernden Sommermorgen, auf dem rumpelnden Wagen und dazu die königliche Mahlzeit – ich würde einmal Bauer werden, das stand ganz fest!

Schnell vergeht so ein Vormittag, mit Grasmähen, Füttern der Stalltiere und Zuschauen bei den Vorbereitungen zum Dreschen. Der große Dreschkasten stand schon auf dem Hof, ein langer, breiter Lederriemen lief zu dem kleinen Motorwagen, an dem noch ein wichtig aussehender Mechaniker herumwerkelte.

Zum Mittagessen sollte man pünktlich erscheinen, aber wann klappt das schon einmal? Auch heute muss ich wieder sehr schmerzhafte Erfahrungen in dieser Hinsicht sammeln.

Aber dann – am Nachmittag, als ich in unserer sonnendurchglühten Wiese sitze und den niedlichen „Blutströpfchen" zuschaue, wie sie von Blume zu Blume fliegen, und dem metallenen Schmettern der kleinen Grashüpfer zuhöre, beginnt drüben im Bauernhof der Dreschkasten zu brummen.

Die Pferde Max und Hektor haben die Getreidegarben, die seit Tagen draußen auf den Feldern als kleine Häuschen zum Trocknen standen, in großen Fuhren zum Hof gezogen, wo nun ein Strohbund nach dem anderen hinaufgereicht wird von buntgekleideten Frauen mit Kopftüchern und oben im Maul der Maschine verschwindet.

Aus einem dicken, langen Eisenrohr mülmt seitlich das „Kaff" heraus, die staubigen, pieksigen Spelzen. Und vorne hängen zwei Säcke, die sich schnell mit Getreidekörnern füllen und dann wie dicke Würste beiseite gestellt werden. Die ausgedroschenen Strohbunde aber fährt man zurück ins Feld, wo am Rande des Weges ein Riesenbauwerk aus Stroh entsteht. Höher und höher türmt es sich hinauf...

Ich habe heute noch nicht genug gegraben und wühle mich seitlich, an einer abgelegenen Ecke, unauffällig hinein in diesen Berg aus duftenden, stechenden, juckenden Halmen, die wie pures Gold in der Sonne glänzen.

Ein Mädchen aus dem Nachbarhaus ist auch gekommen und hilft mir. Wenn es keiner sieht, lasse ich das gern zu, aber nur dann; denn sonst lacht man über mich und sagt: „Der hat eine Freundin!" Wie die Mäuse bohren und wühlen wir uns voran und haben bald schon einen langen Gang geschaffen, an dessen Ende wir eine geräumige Kammer ausbauen.

So still und heimlich ist es hier drinnen! Wir hocken geborgen aneinander gekuschelt und freuen uns, als der letzte leere Wagen draußen wegrollt. Kichernd ziehen wir uns gegenseitig die Badehosen aus, die voller Stroh stecken. Oh, es so aufregend, den anderen zu fühlen und anzufassen. Ein schönes Gefühl, das tief drunten in der Kehle beginnt und sich dann ausbreitet bis hinunter in den Bauch... Wir streicheln uns, und das Mädchen erzählt eine traurige Geschichte von zwei Königskindern, und wir sind einander so nah...

Und dann dieses erschreckte Nach-Draußen-Krabbeln; die Sonne steht schon tief, am Himmel kreischen wie kleine schwarze Sicheln die Mauersegler, in der Ferne die weiße Rauchsäule der abendlichen Kleinbahn, ihr leises Puffen und Schnaufen, das der Abendwind über die Felder zu uns trägt.

Und dann der getrennte Heimweg, damit man uns nicht zusammen sieht, und die Ausreden, die man sich unterwegs zurecht legt – und dann die Erleichterung, dass heute das Zuspätkommen gar nicht so recht zur Kenntnis genommen wird, weil die Eltern Besuch haben und alle gelöst und heiter im Garten sitzen und erzählen...

Als ich im Bett liege, ist es immer noch hell draußen, und ich höre die Mauersegler schreien dort oben, hoch in ihrem blassblauen Abendhimmel. Der Wind bauscht die weiße Gardine, der Apfelbaum vorm Fenster rauscht leise. Die großen Nachbarskinder laufen um ihr Haus und spielen Fangen: Gelächter und Geschrei, wenn sie sich haben.

Und langsam, ganz allmählich, wird es dämmerig da draußen; die Kinderstimmen sind verstummt. Nur der Apfelbaum wispert noch, und in seinen Zweigen sitzt ein Heupferdchen, dessen stetiges Geschrille ich mit in den Schlaf und in die Träume nehme.

Eisgang

Festland

Es will nicht hell werden heute; der Tag in Langenhorn beginnt mit Finsternis und Schneegestöber in eisigem Nordost! In der Dunkelheit, wie Meeresrauschen fast, das Wüten des Sturms in den Bäumen. Durch den Flockenwirbel des düsteren Morgens die erleuchteten Fenster der Bäckerei auf der anderen Seite der Straße. Tröstlich sickert warmes Licht in die tosende Düsternis hinaus, wirft Reflexe auf den vereisten Asphalt und kämpft sich durch den staubfeinen Flugschnee. Der hohe Schornstein schemenhaft zu ahnen und doch: Der Duft der frischgebackenen Brötchen!

Schwer fällt der Abschied von der Geborgenheit des Reetdachhauses, aber da ist noch der Termin in Husum: Eiskratzen am Auto mit erstarrenden Händen, nur widerwillig leiert der alte Diesel an, die Scheiben gefrieren von innen, die Heizung wird einfach nicht warm. Wenigstens ist die Straße geräumt, aber da sind immer wieder gierige Schneezungen, die den schwarzen Asphalt fortlecken wollen. Böen aus Ost versuchen den Wagen von der Straße zu drücken. Die Schneeflocken tanzen aus der Finsternis heraus; im dichten Wirbel schießen sie auf das Auto zu.

In der Stadt tobt der Sturm aus wechselnden Richtungen durch die engen Gassen. Unversehens springt er dich an, Kälte kriecht unter den dicken Mantel, die Hände sind erstarrt. Wenige Menschen nur und nur die notwendigsten Gänge im beißenden Winterwind, im peitschenden Schnee. Spitze Giebel, schwarze Scherenschnitte, der Tag, der nicht kommen will, und die Wolkenfetzen dunkel, schneeflockenvoll, hängen bis zur Erde. Unheimlich heult der Wind, faucht aus der Seitengasse. In Storms Wohnhaus trauliches Lampenlicht hinter glänzenden Fensterscheiben. Drinnen die Wärme, Geborgenheit, die alte Sehnsucht - und draußen die tanzenden Schneeflocken, der Wind und die schneidende Kälte. Die Pflastersteine, dunkle Buckel, gewachsen aus Eis und Schnee. Rostige Wetterfahnen kreischen im Sturm, die Flocken treiben, und der Frost beißt mitten ins Gesicht. Habe die Straßen nie so einsam gesehen...

Mit Rückenwind dann über den Damm nach Nordstrand und durch seine verschneiten Köge. Die Sonne bricht durch: Bilderbuchzauber in gleißendem Weiß. Funkelnde Kristallwelt, Märchenglanz. Und dann wieder der schwarze Himmel, schwer lastend über dem frierenden Land, der düstere Tag mit Schneetreiben und eisigem Winterwind... In Strucklahnungshörn ist die Welt zuende. Meer und Himmel versinken ineinander in düsterem Grau, die Fähren liegen eingeschlossen im Eis, und das Eis ist zu dicken Schollen getürmt, gegeneinander verkantet, zerbrochen, verschneit: Caspar David Friedrich: Die gescheiterte Hoffnung!

Und dann, am Nachmittag, durch die frühe Dunkelheit und den stiebenden Schnee auf der Straße nach Dagebüll. Verloren steht ein Fischreiher im Reet des Haucke-Haien-Kooges. Aber sonst: keine

Vögel, kein Leben, nur Düsternis und weiße Winterhölle. Und doch, wie schön: Im Rückspiegel endlich einmal keine drängelnde Nobelkarosse, keine Halogen-Attacke, kein aggressives Blinken! Heute sind wir allein unterwegs im Schnee, der nun doch noch die Straße überweht in der eisigen Dunkelheit. Nein, das ist kein Wetter für Bonzenschleudern: Die kriechen heute ganz zahm und langsam, wenn sie es nicht schon vorgezogen haben, sich im Straßengraben zur Ruhe zu legen... Und dann: Dagebüll-Mole und, im Schneesturm kaum zu erkennen, unsere Fähre nach Amrum.

Auf der Fähre
Halte Dein Kindlein fest an der kleinen Hand! Eis auf dem Eisen, gleißend im grellen Lampenlicht! Und die steilen Niedergänge... Rundum nur Dunkelheit und schwarze Nacht und schwarze See. Vibrieren der Reling: die Kraft der Maschinen! Das Oberdeck gesperrt; im Winde knattert die Fahne über uns unsichtbar in tiefer Finsternis. Der schwarze Nachtwind kreiselt Schnee in den Suchscheinwerfer, der wieder und wieder aufblitzt. Das Schiff eine leuchtende Welt, ein lebendiger Kosmos, strahlend hell in der dunklen, nächtlichen Wüste aus Wasser, Wind und stiebendem Schnee. Nichts ist normal in diesen Nächten, alles ist außergewöhnlich, voller gespannter Erwartung... In einer dieser Winternächte wird auch ein Kind auf diesem Schiff geboren, und ein anderes Schiff reißt sich von seinen Leinen und treibt weit mit dem Eise hinaus. Klabautermann, Ekke Neckepenn und all die Geister der finsteren

Tiefe, der heulende Ostwind und das schwarze Wasser unter dem kalten Atem der nahenden Polarnacht, von einer griesigen Gänsehaut überzogen, mit Eisstücken versetzt, und dann - die ersten Schollen, das Treibeis. Lückenlos weiß erstrahlt es jetzt im Scheinwerferlicht. Die Maschinen laufen nur mit halber Kraft. Der heftige Ostwind lässt dem Schiff nicht viel Wasser unter dem Kiel. Langsame Fahrt nur noch und dann: Maschinen Stop und warten im Eis, ob nicht die Flut doch noch jene Handbreit Wasser schickt, die zum Einlaufen in Amrum-Hafen nötig ist.

Zum Greifen nahe durch das Schneetreiben: die Lichter von Wittdün. Zeit versickert in die Finsternis, der Wind reißt sie mit sich fort und so viele Gedanken... Das Heulen des schwarzen Nachtwindes, die Leerlaufgeräusche der Maschinen, Gläserklirren und Stimmen aus dem Restaurant. Und das Kind weint jetzt doch, es ist so spät schon, und das Schiff muss noch so lange warten...

Dann rumoren die Motoren kräftiger, ein Zittern durchläuft den eisernen Leib. Der Suchscheinwerfer zeigt den dunklen Bug, der berstend das treibende Eis zerteilt. Da - eine Tonne, halb von den Schollen begraben; die Prikken sind längst weggebrochen, abrasiert. Der Lichtfinger tastet weiter hinaus über die weiß aufleuchtende Fläche, findet die nächste Tonne. Die Motoren vibrieren, der Wind heult, ein leichter Ruck geht durch das Schiff.

Gruß von der Sandbank. Das Kindchen hat aufgehört zu weinen. Anlegemanöver, wegen des Eises mehrfach wiederholt. Das Schild: Willkommen auf Amrum!

Engelchen und der Floh
- Fast ein Märchen -

Wo findet man denn heute noch Engel? In einer Kirche vielleicht oder an einem Weihnachtsbaum. Auch in einem Museum kann man sie entdecken, auf manch altem Porzellan sind sie abgebildet. In manchem Schlager kann man von ihnen hören – aber ansonsten: kein Platz in unserer aufgeklärten Moderne für diese liebenswerten Gestalten...

Und dann sitzt so ein Engel ausgerechnet an der Kasse eines Supermarktes. Vier solcher Bezahlstellen gibt es dort. Drei sind besetzt mit grauen, mürrischen Gestalten. An der vierten jedoch sitzt eine so holde Erscheinung, dass der Held unserer Erzählung, der häufig in diesem Supermarkt einkauft, sie „Engelchen" getauft hat. Nach seinen (zugegebenermaßen oftmals überflüssigen) Einkäufen reiht er sich stets in die Warteschlange vor der Engelskasse ein, um vielleicht wieder einmal eines solch unvergleichbaren Blicks aus ihren Märchenaugen teilhaftig zu werden wie neulich: Während sie seinen Fünfzig-Euro-Schein einer elektronischen Echtheitsüberprüfung unterzog, hatte er gescherzt, dieser Schein müsse doch sehr gut geworden sein, er habe schließlich die ganze Nacht daran gearbeitet!
Dieser Blick aus diesen Augen! [Adjektive wie „groß", „graugrün", „wunderbar", „wimpernbeschattet" hat der Autor dieser Geschichte gestrichen. Hemingway: ‚Keine überflüssigen Adjektive!'] Ach,

diese Augen! Und dieses Lächeln! Und diese [dunkle, duftende, weiche] Lockenpracht ihrer Engelshaare... Man beginnt allmählich zu verstehen, weshalb unser junger Mann trotz seiner heftigen Abneigung gegen jede Art von „Konsumterror" so gerne einkaufen geht: Ein Engel sitzt an der Kasse.

Den ersten Protagonisten aus dem Titel unserer Geschichte haben wir somit vorgestellt. Und wo bleibt der Floh? Und was hat ein Floh mit einem Engel zu tun? Etwa im Federkleid seiner unsichtbaren Flügel? Nein, der Floh hat unseren jungen Mann befallen. Eines Morgens wacht dieser auf (der Mann, nicht der Floh), und ein heftiges Jucken an seinem rechten Bein lässt ihn eine ganze Spur kleiner, fieser Beulen entdecken, wie er sie noch nie gesehen hat. Denn er war niemals (wie der Verfasser dieser Geschichte) in südlichen Ländern mit dem Rucksack getrampt und auch nicht (wie der Vater des Verfassers) in östlichen Ländern im Kriegsdienst gewesen. Woher sollte er so etwas also kennen? Im Kindergarten damals hatten sie Läuse gehabt. Furchtbarer Aufwand mit Desinfektion, Nissenkamm, Klamotten in der Tiefkühltruhe, Gesundheitsamt. Aber Flöhe? Nie gesehen! Und das entsetzliche Jucken! Könnte das eine Infektion sein?

Zwei Stunden später sitzt unser jugendlicher Held vor seinem Hausarzt, einem älteren Herrn, der nach einem kurzen Blick die richtige Diagnose stellt. Aber der Doktor fühlt sich bemüßigt, seine beiden Sprechstundenhilfen (hübsche junge Mädchen) zum Erschrecken des jungen Mannes hereinzurufen: „Meine Damen, was halten sie von diesem Erscheinungsbild?", und er deutet auf die Straße der Flohstiche am nackten Bein des peinlich Berührten. Die Mädchen halten sich die Hände vor den Mund und wenden sich entsetzt ab: „Vielleicht die Beulenpest? Aus Afrika eingeschleppt?" Auch sie waren niemals mit Rucksack im Süden unterwegs gewesen. „Flohstiche! Igitt, wie kriegt man denn so etwas?!" Ausgesprochen unangenehme Situation für unseren Patienten.

Als die beiden Damen wieder entfleucht sind, gibt der Arzt ihm den Rat, zunächst den Floh zu fangen. „Am besten eine Flohfalle kaufen, denn ein Floh kommt selten allein!" Und gegen den Juckreiz und gegen mögliche Infektionsgefahr verschreibt er ihm ein Medikament, das es in der Apotheke um die Ecke zu kaufen gibt. Die Krankenkasse übernimmt solche Fälle allerdings nicht.

In seine Wohnung zurückgekehrt durchsucht der junge Mann zunächst äußerst sorgfältig sein Bett und wird sehr schnell fündig: in einer Falte des Lakens ein winziger Krabbler, den er mit einem Stückchen Tesafilm einfängt. Er klebt den Streifen samt Floh in sein Tagebuch und schreibt dazu: „Hier klebt der Floh, ich bin so froh!"

Doch als er sein Kopfkissen dann wendet, springt ihm ein zweites Tierchen entgegen – zack – in der Umlaufbahn seines Flohhüpfers irgendwo ins Zimmer hinein entschwunden.

Also doch: eine Flohfalle muss her! Die gibt es im Supermarkt, ganz hinten in der Gartenbauabteilung, bei Blattlauskillern, Ameisenkorn und Mückenspray. Laut Verpackungsbeschriftung „höchst wirksame Klebeköder zum Verteilen in den befallenen Räumen". So weit, so gut! Frohgemut nähert er sich den Kassierstellen. Doch nur eine ist besetzt zu seinem Schrecken (wegen der Flohfalle): mit Engelchen. Nicht viel los heute, nur wenige Kunden! Entsetzt schlägt der Jüngling einen Haken und tut so, als habe er noch andere Dinge zu besorgen.

Und da sieht er zwei der Kassiererinnen mit einem großen Plastikbanner, das sie soeben auseinander falten. Drei Meter lang, einen Meter hoch, Aufschrift knallrot auf weißem Grund: „DAS TOR ZUR FRISCHE-WELT". Ein Lehrling, vermutlich Azubi der Frische-Welt, hat eine Stehleiter herbei geschleppt und vor den Auslagen mit Obst und Gemüse aufgestellt. Unser junger Flohfallen-Käufer schaut interessiert zu, wie die Kassiererinnen nun versuchen, das Transparent über den Obst- und Gemüseständen aufzuhängen. Eine Seite ist bereits in die vorgesehene Deckenhalterung eingeklemmt. Das breite Banner hängt schräg herab, während die beiden Kassendamen beraten, wie sie weiter vorgehen sollen, denn die zweite Aufhängevorrichtung ist für sie trotz der Stehleiter nicht erreichbar. Der Azubi verschwindet in der Fleischabteilung, vor deren Glastheke gerade eine ältere Dame mit dem Smartphone die Wurstauslagen filmt, um dann mit schriller Stimme ins Gerät zu rufen: „Wie findest du denn die Jagdwurst, Schatzi? Oder soll ich lieber ein paar Scheiben Mailänder nehmen?"

Unser Jüngling grinst trotz seiner Bedrängnis: Wie oft hat er sich an dieser Fleischtheke aufgeregt über die älteren Damen vor ihm, die noch hier ein Scheibchen und hiervon noch zwei Scheiben in langer Suchaktion auflisteten und damit die hinter ihnen Wartenden zum Murren brachten... Und jetzt wünscht er sich, lieber selber hinter dieser Smartphone-Dame zu stehen, um noch nicht an die Kasse gehen zu müssen, dem [erschreckten, unvergleichlichen] Augenaufschlag des Engels ausgesetzt zu sein, wegen dieser verdammten Flohfalle.

Aber nun geht es vor der Frischeabteilung weiter: Ein langer Mann im sportlichen Anzug betritt die Szenerie. Das ist der Marktleiter, wie unser Jüngling weiß. Und der Jüngling spottet im Stillen (trotz seiner Flohfallen-Angst): „Der Marktleiter besteigt die Marktleiter!"

Halb hat er sie bereits erklommen, da lässt er sich von den beiden Mädchen das andere Ende des Transparentes reichen. „Sehen Sie, meine Damen, das ist es, weshalb Frauen bei uns weniger verdienen als Männer - denn letztlich müssen immer wir Männer alles richten!" Und mit spöttischem Gelächter steigt er weiter hinauf: „Halten Sie wenigstens die Leiter gut fest!", befiehlt er. Und dann steht der Marktleiter auf der Marktleiter und reckt sich und streckt sich, hakt mit der linken Hand das Ende des Transparents in die Deckenhalterung ein und ruft: „So macht man das, meine Damen!" Doch dann rudert plötzlich seine Rechte in der Luft umher, der Marktleiter gerät ins Wanken: „Nun halten Sie doch fest!", und stürzt der Länge nach in die unter ihm ausgebreiteten Schätze der „Frische-Welt".

Ein lautes Krachen, Poltern und Bersten als Grundton, in den schmatzende, platzende und quatschende Obertöne einfallen, eine Kakophonie der Frischewelt! Und all dieser frische Obst- und Gemüsematsch hat ein Gutes: Der Marktleiter fällt recht weich! Die beiden Mädels halten noch immer mit jeweils einer Hand die Stehleiter fest, die zweite halten sie sich vor den Mund. So ähneln sie den Arzthelferinnen bei der Besichtigung der Flohstiche, nur dass sich dieses Mal nicht angewiderter Ekel, sondern unstillbare Schadenfreude hinter den Händen verbirgt.

Wütend arbeitet sich der Marktleiter aus seinem matschigen Lager hoch. „Glotzen Sie nicht so blöd!", herrscht er die beiden Mädchen an, „verschwinden Sie sofort an ihre Kassen! Was anderes können Sie ja doch nicht!"

Erschreckt laufen die beiden davon, hinüber zu ihren Plätzen an der Kasse. Erschrocken drehen sich auch all die schaulustigen Kunden um und folgen ihnen. Schimpfend weist der matschbekleckerte Mann drei hinzugesprungene Verkäufer an: „Räumen Sie sofort diese Sauerei auf!", und geht hinkend auf sein Büro zu. Aus seinem total ruinierten sportlichen Anzug löst sich eine zerquetschte Banane und platscht auf den Boden.

„Hoffentlich rutscht niemand darauf aus!", denkt unser jugendlicher Held und wendet sich der Kasse zu. Stellt sich geduldig bei einer der beiden Leiter-Halterinnen an und wartet auf seine Abfertigung.

„Kommen Sie bitte zu mir, hier ist doch alles frei!" Das Engelchen hat das gerufen und ihn strahlend, dabei fast ein wenig flehend, angesehen. Welcher junge Mann kann schon dem bittenden Blick eines Engels widerstehen? Und so geht er hinüber zu ihrer freien Kasse und legt seufzend die Flohfalle vor ihr auf den Tisch. Was soll das Mädchen jetzt nur von ihm denken? Gerade will er eine Entschuldigung stottern, von wegen „Nachbar mit Flöhen" oder so, da lächelt sie ihn von unten her fröhlich an: „Oh! Sie haben Flöhe?! Mein Hamster hat neulich auch welche gehabt. Jetzt sind sie alle weg, Gott sei Dank!"

„Wieso hat ihr Freund denn Flöhe gehabt?", fragt unser Jüngling erstaunt. Das Engelchen prustet los: „Ich habe gar keinen Freund. Ich meine einen richtigen Hamster!"

„Oh, einen richtigen Hamster wünsche ich mir schon so lange!", stammelt unser verwirrter Held. „Wo bekommt man denn so einen Hamster?" Erstaunt blicken zwei [große, graugrüne] Augen ihn an: „Na, in jedem Zoogeschäft doch... Aber Sie können ja heute Abend mal ins Tierheim kommen, da helfe ich nachher aus. Dort werden Sie bestimmt den richtigen finden – die sind ja sooooo süß!"
„Süß bist Du selber", denkt der junge Mann, während er die zwölf Euro fünfzig abzählt und sich fest vornimmt, heute Abend zu kommen, während hinter ihm eine ungeduldige ältere Dame murmelt: „Erst steht man stundenlang an der Wursttheke – und nun das hier. Immer diese Privatgespräche!"

„Na denn, bis heute Abend!", sagt er erleichtert und unendlich erfreut, und das Engelchen strahlt ihn an mit ihren [Ach, zum Teufel mit Hemingway] großen, graugrünen, wunderbaren, schwarzumschatteten Augen.

Und unser Erzähler ärgert sich, dass er nicht der junge Mann ist. Denn eigentlich war ich es, der das alles selber erlebt hat. Ich bin nicht ins Tierheim gegangen. Was soll ich denn mit einem Hamster?

Entgleisung

Damals, in den frühen Sechziger Jahren, existierte
noch der deutsche Strafrechtsparagraph „Grober Unfug", mit dem man als fantasievoller Heranwachsender in einem kleinen Dorf des Weserberglandes
schon relativ leicht in Konflikt geraten konnte. Denn
neben reichlicher Fantasie und überschüssigen Kräf-
ten waren uns damals viele unausgefüllte Abende
gegeben, die wir zum Unbehagen unserer älteren
Mitbürger nach unserer Vorstellung mit Sinn und
Gehalt aufzufüllen trachteten.

Dabei spielte des öfteren die Kleinbahnstrecke
eine größere oder kleinere Rolle. Ihre Schienen besaßen zwar die Spurweite der deutschen Bundesbahn, das waren 1.435 mm, aber sie wurden nur
tagsüber von der Werkbahn eines großen Kalkwerks
befahren.

Diese Gleise durchschnitten einen Gutshof in der
Nähe unseres Wohnortes, dicht hinter der großen
Scheune. In dieser Scheune hatte unser Freund Eckhard, der älteste und bei weitem intelligenteste von
uns – sein Vater war Ingenieur – in dieser Scheune
hatte Freund Eckhard seinen alten VW-Käfer unter-
gestellt, den ihm sein Großvater großmütig überlas-
sen hatte, nachdem dieser – der Käfer, nicht der
Großvater – seinen Geist aufgegeben hatte. Und
Eckhard, der mittlerweile als erster von uns sogar einen Führerschein besaß, wünschte nichts sehnlicher,

als endlich die verdammte Kiste, wie er sie nannte, in Bewegung zu sehen.

Nach endlosen Bastelstunden lief der Motor wieder und verpestete die Scheunenluft und das Heu der gutsherrschaftlichen Kühe trotz der offenen Tore. Aber die Reifen! Sie waren total porös und platt, und der alte graue Käfer stand da wie ein Großvater in ausgelatschten Pantoffeln. Wir Jungs standen darum herum und gaben Ratschläge, die vom Auspolstern der Reifen mit Stroh bis zum Ausgießen derselben mit „Atomzement", das war damals der angesagte Baustoff, reichten. An die Möglichkeit, neue zu kaufen, konnte niemand von uns denken, 30 Mark pro Reifen waren auch für den Sohn eines Ingenieurs einfach nicht finanzierbar.

Bis dann unserem Freund Jürgen die ultimative Idee kam. Er hatte als einziger von uns von seinem Vater sehr viel über die Kriegszeiten erzählt bekommen. Und damals hatte dieser, als die Reifen seines KDF-Wagens in Flammen aufgegangen waren (wie der übrige Wagen das überstanden hatte, war leider nicht überliefert worden), damals hatte Jürgens Vater mit seinen Kameraden das Fahrzeug auf die Eisenbahnschienen gestellt, und so waren sie dem Feind entkommen. Heute, im Nachhinein, habe ich da so meine Zweifel. Es mochte ja kein Zufall sein, dass der „Volkswagen" des Führers ausgerechnet die Spurweite der damaligen Reichsbahn besaß – aber Jürgens Vater war an der Ostfront gewesen und der „Iwan" hatte ja eine beträchtlich größere Spurweite... Blieb die Möglichkeit, daß der Iwan zur

Zeit dieser Episode das Deutsche Reichsgebiet bereits erreicht hatte... Nunja...

An einem warmen Spätsommerabend schoben wir denn, Eckhard, Jürgen und ich, den grauen Käfer, dem wir die nutzlosen Reifen von den Felgen geschnitten hatten, aus der Scheune auf den schienengleichen Bahnübergang gleich nebenan. Alles passte, sogar Benzin war im Tank, und das Abenteuer konnte beginnen.

Als der Wagen sich hustend und spuckend in Fahrt setzte mit Eckhard am Steuer, beeilte ich mich noch zu fragen: „Hast du denn deinen Führerschein auch dabei?" - „Na klar", nickte Eckhard und konzentrierte sich auf das Lenken, denn die Felgen klapperten und schleiften, quietschten und schepperten in bislang ungehörtem Getöse, und das Lenkrad zuckte konvulsivisch in Eckhards Händen. Aber – Triumph und endlose Freude, Jubel, Gelächter, Erleichterung – wir kamen voran und schepperten durch die Felder. „Du, es wird dunkel, du solltest das Licht anschalten!" Und Eckhard schaltete das Licht ein und hupte zwei- drei Mal.

Ein unsagbar herrliches Gefühl! Pioniere waren wir, aufgebrochen in ferne Welten! Gelächter, Jubel, Schenkelklopfen, Begeisterung!

Und dann passierten wir das Vorsignal für den Bahnhof unsers Heimatortes. Das weiße Blinklicht begann zu leuchten, zeigte an, dass der Bahnübergang ordnungsgemäß durch rotes Blinksignal gesichert wurde. Und da war er auch schon – und zu unserer grenzenlosen Freude standen an beiden Seiten des Übergangs wartende Autos. Schade, dass wir die Gesichter von deren Insassen nicht sehen konnten. Mann, war das ein Hammer! Eckhard und Jürgen winkten heftig aus den heruntergekurbelten Seitenfenstern und stießen grelle Juchzer aus. Ich aber warnte von hinten: „Du – pass auf, jetzt kommen die Weichen!" Und es war in der Tat keine leichte Arbeit, den Wagen über die Abzweigungen hinweg in krachender, quietschender, scheppernder Geradeausfahrt zu halten. Aber dann ging es mit stetigem Bollern weiter. Eckhard versuchte sogar, ein Auto zu überholen, das auf der Straße neben uns herfuhr, aber ohne Erfolg. „Die werden Augen machen in ihrer Kiste!", kicherte Jürgen.

Ja, die machten auch Augen in ihrer Kiste, denn das waren unser Bürgermeister und unser Dorfpolizist, die beide von einer Feier aus dem Nachbardorf zurückkehrten, als sie vor dem roten Blinklicht warten mussten. Unser Polizist Hermann Harsch, dessen Namen wir immer französisch aussprachen, hatte mal wieder einen über den Durst getrunken, konnte sein Fahrrad nicht benutzen und wurde vom ebenfalls angetrunkenen Bürgermeister chauffiert. „Los, hinterher, die schnappen wir uns!", war sein sofortiger Kommentar, und so fuhren sie denn eine zeitlang neben uns her, bis die Straße hinter Hügeln und Bäumen verschwand.

Aber dann, beim Schwarzen Bären, auf dem schienengleichen Bahnübergang, da hatten sie uns! Eckhard konnte mit einer Vollbremsung die Kiste gerade noch vor dem warnblinkenden Borgward des

79

Bürgermeisters ratternd, schleifend und krachend zum Stehen bringen.

Und dann die Gerichtsverhandlung: „Grober Unfug" war bis 1975 nach Deutschem Recht eine „Handlung, die geeignet ist, den äußeren Bestand der öffentlichen Ordnung unmittelbar zu stören oder zu beeinträchtigen, so dass die Öffentlichkeit belästigt wird." §360, Abs. 1 Nr. 11 StGB ordnete vor der Strafrechtsreform für eine Übertretung wegen groben Unfugs eine Geldbuße bis zu 150 Deutsche Mark oder Freiheitsstrafe an. Heute ist die Übertretung zu einer Ordnungswidrigkeit herabgestuft worden.

Die Presse war nicht anwesend bei der Verhandlung, das Fernsehen, wie es heute der Fall gewesen wäre, schon gar nicht, und so war uns denn eine Karriere als umjubelte C-Promis mit Aussicht auf eine Teilnahme am Dschungelcamp in den damaligen Zeiten leider nicht gegeben...

Im übrigen waren wir bis auf Eckhard nicht strafmündig, und ein Interesse der Öffentlichkeit an unserer Bestrafung war nicht gegeben. Nur Eckhard sah sich noch der Anschuldigung ausgesetzt, ohne entsprechende Ausbildung ein schienengetriebenes Fahrzeug geführt zu haben. Aber sein Vater, der Ingenieur, hatte einen guten Freund im Tennisverein, der als sehr guter Anwalt galt, und der hat das dann intern mit dem Staatsanwalt geregelt, der übrigens auch ein Tennisspieler war.

Ein glückliches Ende, wenn nicht die abschließende Frage des Richters gewesen wäre: „Also, meine Herren, Sie entstammen doch durchweg respektablen Elternhäusern und haben sich nie etwas zu Schulden kommen lassen – Klammer auf: Haha, wenn der wüßte! Klammer zu. - Wie konnte es denn da zu einer solchen Entgleisung kommen?"

Worauf Eckhard erwiederte, und das brachte ihm einen empörten Ordnungsruf des humorlosen Hohen Gerichtes ein: „Angeklagter, werden Sie nur nicht frech!"

Und was hatte der Angeklagte denn so Freches erwiedert? Er hatte nur ganz stolz und zu gutem Recht behauptet: „Aber Herr Richter, wir sind doch gar nicht entgleist!"

Fun-Ex GmbH

Bereits als kleiner Junge hatte Ingo eine besondere
Affinität zum Feuer entwickelt, indem er sein Elternhaus in Flammen aufgehen ließ. Ein Unglücksfall,
wie es damals hieß; das Kind konnte glücklicherweise durch aufmerksame Nachbarn gerettet
werden. Die Feuerversicherung zahlte, und zum
Neid eben dieser Nachbarn entstand sehr bald ein
wunderschöner Neubau, der alle anderen Häuser des
Dorfes buchstäblich alt aussehen ließ. Dieses Ereignis, das als „warmer Abriss" in die örtlichen Annalen
eingehen sollte, hatte zur Folge, dass alle Eltern
ihren Kindern wieder und wieder die Geschichte
vorlasen vom Paulinchen, das allein zuhaus war.
Dazu zeigten sie die Bilder, wie dieses ungehorsame
Mädchen sich bei dem streng verbotenen Umgang
mit Streichhölzern selber abfackelte – grausame Bilder, heute aus Kindergärten und Grundschulen ver-
bannt...

Auch Ingo konnte sehr bald die Ermahnung
von Minz und Maunz auswendig hersagen, die mit
den Pfoten drohten: „Die Mutter hat's verboten". Jedoch das Bild vom brennenden Kind erweckte in
ihm kein Mitgefühl, nur Neugier: „Ein Häuflein
Asche bleibt allein / und beide Schuh', so hübsch
und fein". Wie konnte das wohl zugegangen sein?

Auf Streichhölzer hatte er natürlich fortan
keinerlei Zugriff mehr, da passten nicht nur die Eltern auf wie die Luchse, sondern ein jeder im Dorf
hatte ein achtsames Auge auf Ingo.

Doch als einem heißen Sommertag plötzlich das Kornfeld von Bauer Müller in Flammen stand, da hatte man sehr schnell den Übeltäter gefunden, der staunend am Feldrand auf das Inferno schaute, das er mit Hilfe einer starken Lupe angerichtet hatte.

Feuerwehr-Einsatz, polizeiliches und gerichtliches Nachspiel für die Eltern – und er hatte jetzt von den spottsüchtigen Dorfbewohnern einen Spitznamen erhalten, der lange an ihm kleben blieb: Der Flammende Ingo – sehr schnell wird das zum Flamm-Ingo – und von nun an war er der Flammingo mit doppeltem m...

Wenn irgendwo eine Mülltonne brannte oder ein Gartenhäuschen in Flammen aufging: das konnte nur der Flammende Ingo getan haben. Selbst wenn er ein hieb- und stichfestes Alibi nachzuweisen in der Lage war: Etwas blieb immer an ihm haften! Als strafmündiger Jugendlicher machte er schließlich nach dem Brand des hölzernen Schlauchturmes der örtlichen Feuerwehr Bekanntschaft mit dem Jugendgefängnis.

Er wurde gezwungen, am Resozialisierungsprogramm der dortigen Psychologen teilzunehmen, die zu der Erkenntnis gelangt waren, dass es wenig sinnvoll sei, ihn im Brandschutz bei der Freiwilligen Feuerwehr auszubilden, als vielmehr seinem Drang, Feuer zu entfachen, nachzugeben und diesen in kontrollierte Bahnen zu lenken. So wurde er zur Bewährung entlassen, um eine Lehre als Lokomotiv-Heizer bei der damaligen Deutschen Bundesbahn zu beginnen. Die Arbeit machte ihm auch viel Freude, zumal er seiner Lust am Kokeln und Flambieren mit seiner Kohlenschaufel fleißig Nachdruck verleihen konnte.

Doch dann wurden die Dampfloks stillgelegt. Nur einige Museumszüge blieben übrig, aber die hatten genügend Personal auf freiwilliger Basis. Flammingo, der gezwungen war, mit Arbeit Geld zu verdienen, bewarb sich nun als Heizer in der Verwaltung der Kreisstadt. Und er bekam den Job. Tag und Nacht bewohnte er den finsteren Heizungskeller des Rathauses; er schlief zwischendurch auf dem riesigen Kokshaufen, immer mit Blick (selbst im Halbschlaf) auf das feurige Maul des Heizkessels. Hei, wie glücklich war er, wenn er dann Schaufel um Schaufel in den gierigen Feuerschlund werfen durfte und die Glut sich in prasselnde Flammen verwandelte.

Die Angestellten des Rathauses mussten nicht mehr, wie früher, über kalte Büroräume klagen: Selbst ihre Besucher zogen sofort nach Betreten der Zimmer ihre Mäntel aus. Flammingo wurde für seinen treuen Dienst dort unten im Keller sogar öffentlich mit dem Stadtsiegel geehrt, wie die Tageszeitung verkündete: *Einfach war das nicht, denn wegen verschiedener Leitungsdefekte in dem veralteten System ist es selten möglich gewesen, eine gleichmäßige Temperatur im ganzen Haus zu erreichen. Ein weiterer Faktor, der ihm immer viel Sorge bereitete, war die Koksqualität: Da keine Firma mehr Koks auf Lager hat, musste der Brennstoff durch Extrabestellung jeweils von auswärts herangeschafft werden, so dass die Beschaffenheit vorher nicht abschätzbar war. Mindere Qualität, die teilweise*

Schlackenberge zur Folge hatte, erschwerte die Arbeit oft zusätzlich. „Die jungen Heizungsmonteure kennen sich an den alten Systemen nicht aus, und so konnten die anfallenden Reparaturen nie fachgerecht ausgeführt werden", berichtete Ingo über die Beschwerden seiner „dicken Freundin".

Aber dann kam der Sommer. Die Heizung musste kalt bleiben; oben war es heiß genug. Flammingo wurde versetzt ins Städtische Krematorium, wo er weiterhin intensiv seiner Leidenschaft für das Feuer frönen konnte. Und er verschaffte sich sogar noch einen Nebenverdienst, indem er ein kleines Heimtier-Krematorium eröffnete, und zwar in seinem Stubenofen.

Das gab zunächst eine ziemliche Lauferei wegen zahlreicher behördlicher Vorschriften. Jedoch, da noch keine Feinstaub-Debatte losgetreten war, und da er als treuer Heizer allen Verwaltungsbeamten bekannt und ans Herz gewachsen war, bekam er schließlich die „Erlaubnis zur Kremierung von Haustieren bis zu einer Größe von 0,45 m". (Das war die amtlich festgestellte Breite seiner Ofentür.)

Das Geschäft lief auch ganz gut an: Hamster 25,00 DM, Kaninchen 40,00 DM, Katzen und Hunde 60,00 DM. Am günstigsten waren Wellensittiche und Fische zu je 15,00 DM.

Was nicht passend war, wurde passend gemacht: So konnte auch ein einmeterfünfzig langer Schäferhund in Etappen verbrannt werden, gegen Mehrkosten von 40,00 DM.

Sein regelmäßig in der Tageszeitung erscheinendes Inserat verschaffte ihm schon bald die ersten

Kunden, und wenig später wurde er zu einer Institution des Landkreises und darüber hinaus: „STERNENSTAUB – Die letzte Reise Ihres Lieblings wird zu einer gefühlvollen, sanften Verwandlung durch unsere einfühlsame Kremierungs-Fachkraft:

Sind Muschi und Bello auch Todes Raub
Wir wandeln sie um zu Sternenstaub"

Er holte die „lieben Entschlafenen" persönlich ab mit seinem alten VW Käfer, den er kurz vor Erreichen des jeweiligen Trauerhauses mit einem STERNENSTAUB-Banner dekorierte. Während der Übergabe des mehr oder minder großen Leichnams führte er den trauernden Hinterbliebenen sein Urnen-Sortiment vor, das vom einfachen Marmeladenglas für 2 DM über geschmackvolle Kaffeedosen bis hin zu einem, allerdings sehr teuren, Tupper-Behälter alles umfasste, was den STERNENSTAUB der Lieblinge nach deren Kremierung dann umfassen sollte.

Vor seinem Eintreffen im Heimatdorf entfernte er stets die Reklamefahne, da dort niemand etwas von dieser kremativen Nebentätigkeit erfahren durfte. Er war ja mittlerweile nach dem Tod seiner Eltern in deren Haus zurückgekehrt, wo auch der Ofen mit der 0,45 m breiten Klappe stand. Die Nachbarn wunderten sich zwar darüber, wie oft er mit einem Koffer unterwegs war, auch war ihnen sein häufiges spätabendliches Grillen manchmal sehr lästig, da das Bratenfleisch doch sehr unangenehme Nebengerüche aufwies. „Der grillt wohl die Sau mitsamt den Borsten!", hieß es dann.

Ansonsten galt er aber als ein mustergültiger Nachbar, stets hilfsbereit und voll guter Laune. Nur mit den Mädchen wollte es nicht so recht klappen. Er hatte sich unsterblich in die rothaarige Rena verliebt, doch die wollte nichts von ihm wissen, denn er hatte nicht gerade das Aussehen eines schottischen Highlanders, und dann – dieser Beruf...

Auch bei der „Katja, die hat ja (…) Feuer im Herzen und die Augen voll Glut" (wie damals Heino in den Hitparaden sang), sprang der Funke nicht über. So blieb er also allein, stellte nach der jeweiligen Kremierung eine entsprechende Urkunde aus, die er dann den Hinterbliebenen mitsamt der Urne überbrachte (dann wieder mit STERNENSTAUB-Banner am Auto).

Gerede im Dorf gab es aber dann doch wegen seiner nicht stattfindenden Frauengeschichten. „Na, wer weiß," hieß es dann, „vielleicht bedient er sich ja dort im Krematorium..." In der Tat kam damals so etwas relativ häufig vor; heutzutage ist das ja völlig ausgeschlossen...

Der Schornsteinfeger weigerte sich beharrlich, Flammingos Kamin zu reinigen, nachdem er sich einmal seinen Besen mit fettigem Ruß total versaut hatte. Und so kam es zu dem spektakulären Schornsteinbrand, über den sogar das Regionalfernsehen berichtete. In der Tageszeitung hieß es: „Eine mehr als drei Meter hohe Flammensäule loderte aus dem Schornstein. Dreißig Kameraden der Freiwilligen Feuerwehr ließen das Feuer kontrolliert abbrennen. Anschließend wurde der Brandherd wieder dem Eigentümer übergeben."

Der Eigentümer Flammingo bekam daraufhin eine Menge Ärger mit den Behörden, der zuständige Schornsteinfeger ebenfalls – und der Einsatz der dreißig Freiwilligen Kameraden war auch nicht ganz billig gewesen.

Am schlimmsten aber traf es ihn, als die Behörde ihm vorschrieb, „in allernächster Zeit" von der veralteten, umweltgefährdenden Koksheizung auf einen modernen Ölbrenner umzusteigen. Bildlich gesprochen wurde ihm der Boden unter den Füßen entzogen, als dann auch noch das Krematorium in der Kreisstadt auf „zeitgemäße" Energiequellen umgestellt wurde. Keine heiße, lodernde Glut mehr als Folge seiner Schaufelwürfe, nur noch seelenlose Gasflammen hinter Glas, an einem Rädchen zu regulieren.

Seine ganze Freude schien dahin. Wie sollte er auf diese Weise weiterleben können? Schon brannten im Nachbardorf zwei Gartenhäuschen, und von den Feldern wurden immer wieder Strohballen-Brände gemeldet.

Den Aschekasten zum Überquellen brachte dann jener schwarze Tag, an dem er einen toten Hamster aus der Kreisstadt abholen wollte, mit STERNENSTAUB-Banner am Auto. Neben der trauernden Hinterbliebenen des Hamsters stand nämlich deren Bruder, der zum Trostspenden herbeigeeilt war – und dieser Bruder war ausgerechnet sein nächster Nachbar... Der Hamster verblieb bei seiner Hinterbliebenen, die sich spontan für eine Erdbestattung entschied.

Aus... alles vorbei... schwärzeste Finsternis ohne die geringste Spur von Glut...

Und dann stand plötzlich Luigi vor ihm, der italienische Gastarbeiter, der im Keller dieses nächsten Nachbarn wohnte. „Du großes Freund vom Feuer, molto bene, ganz wie unser großer Cäsar Nero... auch immer viel Flamme... und Du Flammingo, komm Du zu uns nach Sicilia, wo wir dringend suchen Mann für Feuer!"

Flammingo verstand erst nach und nach, was der Mann eigentlich von ihm wollte, natürlich Ungesetzliches, denn die italienischen Gastarbeiter, die Spaghettis, gehörten ja alle der Mafia an, das war bekannt, so wie heute die jungen Flüchtlinge aus Nahost alle dem IS angehören...

Dabei darf nicht vergessen werden, dass damals in der Bundesrepublik in fast allen Ämtern und Behörden, in den Schulen und in der Politik, bis hinauf in die höchsten Posten, dass damals dort noch überall die übelsten Naziverbrecher herrschten, alle mit „Persilschein", als Mitläufer taxiert, und die oftmals bis an ihr Lebensende straffrei ausgingen trotz all ihrer Untaten während der Hitlerzeit...

Also klar: Luigi war ein Mafioso und wollte ihn anwerben für ein Projekt auf Sizilien. Dort hatte die Mafia das Problem mit immer zahlreicher anfallenden Leichen, für deren spurloses Verschwinden man nach neuen Wegen suchte. Und Luigis Chef dort auf der Insel hatte eine geniale Lösung gefunden, nämlich den der Feuerbestattung im größten Ofen Siziliens, im Krater des Vulkans Ätna.

Um dem Ganzen einen legalen Anstrich zu geben, plante man die Gründung eines offiziellen Unternehmens, das sich mit der Verbrennung von legal Verstorbenen in den Lavaspalten des Ätna befassen sollte.

Und da im benachbarten, reichen Deutschland das Wirtschaftswunder für volle Bäuche und Langeweile im Überfluss gesorgt hatte, so dass dort immer lauter der Ruf nach Zerstreuung, nach Events und dem „Kick" erklang, warum sollte es jetzt nicht auch einen finalen Kick geben, eine Art Bungee-Jumping für den Leichnam (und im korrekten Gender-Deutsch heute: die Leichnamin)?

Geschäftsführer dieses Start-up-Unternehmens sollte natürlich einer jener unverdächtigen tüchtigen Nachbarn aus dem Norden sein – möglichst mit Erfahrung bei der Kremierung von Verstorbenen (und Verstorbeninnen). So war denn Luigi also der Anlass für Flammingo, seinen Standort nach Sizilien zu verlegen.

In seinem Dorf war er ja jetzt gänzlich zur Persona non grata geworden, nachdem sein letzter Werbetrailer: „STERNENSTAUB – Ihre Muschi im Schoße der Ewigkeit!" den Sittlichkeitsbeauftragten des Landratsamtes zu einer Anzeige wegen des Verdachtes unzüchtiger Vorgänge veranlasst hatte.

Die Hausdurchsuchung, veranstaltet von fünfzehn Polizeibeamten (und -beamtinnen), die frühmorgens in drei Streifenwagen mit Blaulicht vor Flammingos Haus mit quietschenden Reifen zum Stehen gekommen waren, erbrachte aber, außer einer lebensgroßen Gummipuppe und mehrerer Vibratoren, keinerlei Beweise für „unzüchtige Vorgänge zum Schaden der Allgemeinheit".

Dennoch, Flammingos Reputation oder das, was noch davon übrig geblieben war: jetzt war sie endgültig dahin. So entschloss er sich, sein Haus zu verkaufen, das fortan bei den Dorfbewohnern als „die Flammenhölle" bezeichnet wurde, was sich wiederum, zusammen mit dem ausgeglühten Kamin, stark mindernd auf den Verkaufspreis auswirkte.

Als Flammingo dann endlich in seinem alten VW Käfer das Dorf in Richtung Italien verließ, atmeten nicht nur die Kameraden der Freiwilligen Feuerwehr laut hörbar auf...

Angekommen in Taormina stellte er sich in seiner neuen „Firma" vor. Sein Start-up-Vorgesetzter Angelino war sehr erfreut über die guten Zeugnisse, die Flammingos Arbeitgeber ihm ausgestellt hatten. Darin war von „flammender Begeisterung bei der Durchführung seiner Arbeit" die Rede, von „glühendem Enthusiasmus" und von „lodernder Hingabe". Angelino sprach ein fließendes Schwäbisch, da er jahrelang bei einem großen Autobauer im deutschen Südwesten gearbeitet hatte.

Und mit seiner Idee: „Fort von allem, was Funeralien heißt, fort von diesen traurigen, überholten Gebräuchen", rannte Flammingo bei Angelino weit offene Türen ein. „Keine Funeralien mehr – Spaß beim Abschied: Lass uns die Firma Fun-Ex nennen! Wir melden sie in Deutschland als GmbH an, dann hat alles seine Richtigkeit!"

Ja, Flammingo war genau der richtige Mann für dieses Start-up Projekt! Er bezog ein kleines Chalet mit traumhaftem Blick auf den Golfo di Catania und den majestätisch über allem thronenden Riesenvulkan Monte Etna, wie er in der Landessprache heißt. Die Landessprache eignete er sich sehr schnell an mit Hilfe des Hubschrauberpiloten Carlo, der für die Bestattungsflüge engagiert war und der in enger Zusammenarbeit mit der Firmenleitung zur Realisierung des Projektes herangezogen wurde. Mit Carlo sprach er also italienisch; mit dem „Boss", wie Angelino genannt wurde, sprach er schwäbisches Deutsch.

Sein altes Auto war bereits nach wenigen Tagen durch einen flotten Bugatti ersetzt worden. Und als seiner spröde gewordenen Gummipuppe eines Nachts mit leisem Puff die Luft entwich, da hatte ihm der Boss für's Bunga-Bunga die süße, glutäugige Livia besorgt. Wenn die quietschte, dann nicht so fabrikmäßig wie die alte Puppe, sondern sehr fröhlich und aus ganz anderen Gründen.

Flammingo brachte es aber nicht über sein Herz, die schlaffe Gummihülle auf einem der Müllberge zu entsorgen, die sich an den sizilianischen Straßenrändern auftürmten. Er tätschelte ihr die vertrauten Wangen, die jetzt so flach waren wie der übrige Körper: „Warte nur... Wenn unser Projekt anläuft, dann bekommst auch Du eine angemessene Flugreise ins Jenseits... mit Fun-Ex GmbH!"

Vorher war allerdings noch mit Hochdruck an allerhand Problemen zu arbeiten. Vorurteile waren abzubauen, Gesetzesschranken zu öffnen mit

Hilfe von Geldern, die reichlich flossen, aus welchem Topf auch immer sie kommen mochten.

Als Flammingo wegen der Hubschrauber-Überflugrechte bei der Verwaltung des Parco dell' Etna vorstellig wurde, sagte ihm der überaus höfliche Amtsleiter dort: „Scusa... mi dispiace, ma non posso... Tschuldig... aber ich kann das nicht...weil... ist das nicht legal... Musen Se Ihnen wenden zu diesem Signore!" Und er händigte ihm die Visitenkarte von Boss Angelino aus. Erleichtert bedankte sich Flammingo: „Molto volentieri... Va bene... Arrivederci!"

Diesen Weg hätte er sich sparen können!

Bevor aber mit den Flügen begonnen werden konnte, war es dringend nötig, zunächst für den entsprechenden Nachschub an „abzuwerfendem Kremierungsmaterial" zu sorgen. Ein bankrottes Hotel in Linguaglossa, direkt am Fuße des Monte Etna gelegen, wurde mit EG-Mitteln zu einem luxuriösen Hospiz umgestaltet – ach was, Hospiz – so ein Name war viel zu abschreckend!

STELLA POLVEROSO, so wurde es genannt, aus dem Sternenstaub war ein staubiger Stern geworden – aber das hörte sich doch sehr romantisch und vielverheißend an für das anvisierte Klientel aus Deutschland, für die Kundinnen und Kunden, die Flammingo jetzt durch groß angelegte Werbekampagnen zu einem letzten Umzug nach Bella Italia anzulocken hatte.

Das war nicht ganz billig, das „Ressort Stella Polveroso", da musste man schon Geld in die Hand nehmen – aber Geld war ja in Hülle und Fülle vorhanden bei diesem Klientel, das sich noch einmal zum Abschluss einen Luxus aus vollen Händen gönnen wollte in der knisternden Erwartung auf den letzten Kick, auf das Bungee-Jumping hinunter in die Arbeitsstätte der Kyklopen, die dort unten dem Gott Hephaistos in seiner Schmiede Gesellschaft leisteten...

Dieses war auch eine weitere Aufgabe des Geschäftsführers Flammingo: Die Endzeit-Gäste des Ressorts mit den mythischen Geschichten rund um den Vulkan zu unterhalten. So gab es stets großes Gelächter, wenn er die Sage vom Schmiede-Gott erzählte, der bei den Römern ja Vulcanus hieß und der immer, wenn seine Gattin Aphrodite (oder Venus) ihm wieder einmal untreu geworden war, das Schmiedefeuer so stark schürte, dass der Vulkan ausbrechen musste – was zeitweise recht häufig geschah...

Aber bevor die Fun-Ex-Kandidaten in den Genuss dieser Geschichten kamen, war allerhand zu erledigen mit Rechtsanwälten und Notaren in Deutschland. Auch für die in Carlos Hubschrauber zu erfolgenden ärztlich begleiteten Liegendtransporte war Sorge zu tragen... Waren auch nicht ganz billig, diese Transporte, da musste wieder Geld in die Hand genommen werden.

Das Geld, das dann noch übrig blieb, wurde auf ein Sonderkonto für notleidende sizilianische Straßenhunde erbeten. Angelino benötigte es für die Einrichtungen ähnlicher Fun-Ex-Ressorts auf der Insel Hawaii an den drei Vulkanen Kilauea, Mauna Loa und Hualalai. Auch auf Island war ein Ressort geplant, tatkräftig unterstützt von der damaligen Regierung und deren Finanzminister Bjarni Diktisson, der ja, wie man insgeheim wusste, in den berüchtigten Panama-Papers eine nicht unerhebliche Rolle spielte. Und schließlich drängte auch Italiens Präsident Cannelloni darauf, am Vesuv eine weitere Fun-Ex-Filiale einzurichten.

Es gab Arbeit genug für die Geschäftsführung unter Flammingo, der bei den Italienern bald als Signore Flamenco bekannt wurde, vor allem dank seiner glutäugigen Flamme Livia, die bereits durch Cannellonis Bunga-Bunga-Spiele im Corriere della Sera berühmt geworden war.

Signore Flamenco sorgte auch für eine vorbildliche ärztliche Betreuung innerhalb des Ressorts, durch die gesichert war, dass die begehrten Warteplätze nicht allzu lange blockiert blieben.

Und immer wieder erzählte er seine Geschichten von Göttern und Heroen, die einst am und im Vulkan gehaust hatten, besonders die Märe aus der Arthus-Sage, dass hier im Ätna einst das Paradies angesiedelt war... Dass hier aber auch die Hölle herrschte, das *Infierno*, das Dante in seiner *Divina Commedia* beschreibt, das behielt er besser für sich. Dafür erzählte er lieber seine Lieblingsgeschichte aus der sizilianischen Sagenwelt: Dass nämlich Friedrich II, der Stauferkaiser, das „Staunen der Welt", hier im Ätna schläft... also doch nicht im Kyffhäuser...?

Und seine Erzählungen schloss Flamenco stets mit den Versen des griechischen Dichters Pindar: *„Himmlische Säule... Lauterste Quellen aus*

seinen Schlünden des unnahbaren Feuers / Speit je-
ner, indessen die Flüsse am Tag gießen aus / den
Glutenstrom des Rauchs. / In Nächten aber die
Flamme wälzend, Purpurne, / trägt in des Meeres
den tiefen Abgrund / die Felsen tosend."

Dann breitete sich oft auf den Gesichtern der Wartenden ein erwartungsvolles Lächeln aus, und eine Sehnsucht sprach aus ihren Augen, eine Hoffnung und so etwas wie eine Freude auf das bevorstehende Ende.

Flamenco, Flammingo... jetzt wurde er kurzzeitig wieder zum Ingo, denn er flog zu einem Coming-Together mit dem isländischen Finanzminister. Der hatte bereits alle Informationen von der Regierung Cannelloni erhalten, auch waren schon Gelder aus EG-Kassen für das Projekt „STJÖRNU ASKA" geflossen, wie es auf Isländisch genannt wurde. Angesiedelt werden sollte es am Ejavjallajökull auf der „Insel aus Feuer und Eis".

Da dieser Vulkan allerdings nur sehr selten zu Ausbrüchen neigte, auch über keine ständigen Lavaseen verfügte, kam man überein, die jeweils anstehenden Flüge zu entsprechenden glutspeienden Bergen, wie etwa zum Hekla, auszurichten. Ein Hubschrauber aus dem isländischen Heeresflieger-Arsenal sollte dann stets mit entsprechenden Piloten zur Verfügung stehen. Warnungen der Elfen-Beauftragten schlug man in den Wind: Die Elfen-Beauftragte habe sich nicht um den Luftraum zu kümmern. Basta! (Da steckte doch sicher Cannelloni dahinter!?)

In Sizilien war mittlerweile der erste offiziell beglaubigte Todesfall eingetreten. Ingo war bereits vor Ort, jetzt wieder als Flamenco. Die hauseigene Schreinerei hatte bereits für ein umfangreiches Sarglager gesorgt. Es waren überdimensional große Kisten: „Ragazzo, da is ja Platz für cinque personas!" Und das sollte ja auch so sein. Es gab im Kühlraum bereits vier „blinde Passagiere", die mit zerschossenen Körpern auf ihren letzten Transport warteten. Sie wurden der legalen Leiche als Beipack zugegeben, und abschließend legte Flamenco dann die schlaffe, bröselige Gummihaut seiner ehemaligen Gespielin hinzu. Er hatte ihr aus Pietätsgründen ihren Spitzenslip und den Push-up-BH angezogen. Letzterer half allerdings jetzt nicht mehr... Leicht gerührt und wehmutsvoll streichelte er ihr noch einmal über ihre blonden Plastikhaare und verabschiedete sich von ihr als „Flammingo".

Carlo war ein hervorragender Pilot, der die Kiste dann in finsterer Nacht hinauf zum Vulkan flog. Ein riskantes Unternehmen fürwahr – aber er meisterte es mit Bravour und entledigte sich dann über der Lava seiner Last, indem er sie ausklinkte. Der Hubschrauber schoss abrupt in die Höhe, kam wegen der Hitze von dort unten leicht ins Trudeln und war dann aber sofort aus der Gefahrenzone verschwunden.

Niemand hatte Verdacht geschöpft wegen des nächtlichen Fluges; solche Übungen kamen häufig vor. Und in den nächsten Wochen wurden sie immer häufiger. Immer mehr vollbeladene Holzkisten krachten hinunter in die Lavaglut, die sich ihrer hell aufflammend für kurze Zeit annahm – und dann war alles vorüber, verbrannt mit etwas Rauch, der im

Dunklen nicht zu sehen und zu Asche, die niemals mehr zu identifizieren war.

Das Geschäft lief gut, Geld kam herein in Hülle und Fülle von den Erbschaften der Kunden, vom Ministerium, von der EG als Entwicklungshilfe für die notleidende südeuropäische Region. STELLA POLVEROSO war zu einer Institution geworden, zu einer lukrativen Einnahmequelle für die Betreiber und für ihre Freunde in Politik und Wirtschaft.

Alles hätte noch jahrelang so weitergehen können. Aber dann kam jene verhängnisvolle Nacht, in der Carlo die Kiste mit einer legalen und drei illegalen Leichen um eine zehntel Sekunde zu früh ausklinkte. Statt in der Lava zu Rauch und Asche zu verglühen, krachte sie auf den Felsenweg gleich nebenan. Zerschmettert die Kiste, zu eklem Brei zerquetscht deren Inhalt – so bot sich Touristen am nächsten Morgen der unsägliche Anblick.

[Hier muss ich mich als Autor dieser Geschichte kurz zu Wort melden: Ich kann das bestätigen, denn damals war ich als Reiseleiter von StudiJusos der Führer dieser Gruppe gewesen und habe im Nachhinein eben jene Recherchen getätigt, die zur Niederschrift dieser Geschichte führten.]

Das war das Aus für den florierenden Betrieb mit dem letzten Kick... Die Medien stürzten sich wie die Geier auf dieses Drama; Cannelloni, der wegen einer erneuten Bunga-Bunga-Affäre bereits angeschlagen war, trat zurück.

Den Todesstoß versetzte dem STELLA POLVEROSO dann der Vatikan: Aus seinen tiefsten, geheimsten Verliesen meldete sich der Inquisitions-Beauftragte zu Wort: Einäscherungen für Ungläubige und Gegner der „Alleinseligmachenden Kirche" - dagegen sei nichts einzuwenden. Allerdings verlange der Großinquisitor vehement, dass solche Verbrennungen nur traditionell durchgeführt werden dürften, nämlich auf dem Scheiterhaufen...

So, das war's denn auch in Italien. Selbst der mächtige Boss Angelino hatte Angst vor dem langen Arm des Vatikans.

Aus und vorbei... Die verbliebenen Warten-den des Ressorts wurden nach und nach ausgeflogen nach Island; Angelino, Carlo, Flammingo, Livia und das Kapital begleiteten sie. Islands Finanzminister freute sich auf noch größere Einnahmen für seine geheimen Kassen. Nur für die von Kugeln durch-siebten letzten Leichen im sizilianischen Kühlraum blieb kein Ausweg. Und wenn sie nicht gefunden wurden, so lagern sie heute noch.

Doch dann kam auch hier sehr bald das Aus: der Ejavjallajökull hatte plötzlich zu spucken begonnen, und da gerade an diesem Tag drei der Wartenden ihren Geist aufgegeben hatten, lohnte sich der Flug dieses Mal ganz besonders, trotz der dringenden Warnung der Elfen-Beauftragten.

Und was dann geschah, bekam ganz Europa zu spüren: Gleich nach dem Abwurf der Kiste quoll dichter weißer Rauch auf, eine riesige Aschewolke breitete sich über den Atlantik aus bis hin auf das eu-ropäische Festland. Der Flugverkehr kam tagelang zum Erliegen, nichts ging mehr in der hochtechnisierten nordwesteuropäischen Welt...

Die Elfen-Beauftragte triumphierte: Jetzt hatten die Naturgeister endlich einmal gezeigt, zu welcher Rache sie fähig waren... Und mittlerweile waren auch die Verstrickungen des isländischen Premierministers, seines Finanzministers und der Innenministerin in die Affäre mit den Panama-Papers bekannt geworden, die verheerende Finanzkrise nahm ihren Lauf...

Angelino, Carlo und das Sternenstaub-Kapital setzten sich in einer Nacht- und Nebel-Aktion (die auf Island sehr einfach zu bewältigen war) ab nach Hawaii. Denn auch sie waren selbstredend mit dem Finanzskandal verquickt...

Zurück blieben der Leichnam (und die Leichnamin) zweier unkremierter STJÖRNU ASKA-Kunden, vier noch lebende, auf den End-Kick harrende Kunden, die sich bereits auf den versprochenen Nachzug nach Hawaii in das dortige Ressort „HOKU KA LEPO" freuten, sowie Ingo und Livia.

Livia allerdings hatte während dieser turbulenten Tage Feuer gefangen für die Elfen-Beauftragte und - „scusi, caro Flamenco" - wärmte jetzt deren Bett...

Doch Ingo wollte die Insel nicht ohne Livia verlassen; er ging immer wieder, tage- und nächtelang, vor dem Amtssitz der Elfen-Beauftragten auf und ab. Er war verzweifelt und sehr traurig.

Als aber eines Nachts ihn mehrere Trolle überfielen und übel zurichteten, da verzog er sich zurück nach Deutschland. Nach Hawaii wollte er seinen italienischen Freunden nicht folgen. Er fühlte sich so ausgebrannt, das konnte nur ein Burn-Out sein.

Um sein weiteres Auskommen musste er sich trotz seiner extrem kleinen Rentenaussichten keine Sorgen machen. Altersarmut – kurz AA genannt – war bei ihm kein Thema dank seiner Papers, die er in mehreren überseeischen Ländern angelegt hatte. Dann starb auch noch seine einzige verbliebene Tante, deren Haus und Garten er erbte, und so betreibt er heute in der Nähe von Paderborn eine kleine Bratwurstbude.

Sein Burn-Out wurde in Paderborn erfolgreich behandelt.

Seine Würste seien allerdings oft sehr stark verbrannt, beklagen sich die Kunden – aber dafür extrem schmackhaft.

Und ab und an brennt schon mal ein Strohballen in der Gegend von Paderborn.

Geheimnis

In unserem Städtchen gibt es natürlich auch einen Friedhof, sehr groß, parkähnlich, mit vielen alten Bäumen. Nun leuchtete mir kürzlich am großen Eisentor vor der Leichenhalle ein nagelneues Durchfahrts-Verbotsschild nach §... StvO entgegen, dicker knallroter Rand um weißes Feld. Völlig normal, wird jetzt jeder denken, wer fährt schon mit dem Auto auf den Friedhof?!

Aber der Zusatztext auf der Tafel unter diesen Schild brachte mich dann doch aus der Fassung: Anlieger frei!, stand da schwarz auf weiß. Ich wusste nicht: sollte ich lachen oder grimmigen Hohn und Spott über die Urheber dieses Streiches ausschütten. Da waren mal wieder die typischen Schreibtischtäter in einer sogenannten Behörde tätig gewesen, die sich offensichtlich die Arbeitsstellen ihrer Beamten und Angestellten mit täglich neuen Vorschriften, Erlassen und Verordnungen zu erhalten wusste.

Abends, nach Hause gekommen, setzte ich mich hin und begann einen Beschwerdebrief an die Straßenverkehrsbehörde zu verfassen, wurde dabei zunehmend wütend, dann wieder haute ich auf den Tisch vor Lachen, wenn ich mir die Anlieger vorstellte, die dort am Friedhofstor freie Durchfahrt hatten.

Ich beschloss, meinen Spott in ein Gedicht zu fassen, kam aber nicht so recht voran mit meiner Poeterei, da ich dauernd von klingelnden, singenden und rufenden Kindern gestört wurde, die vom flackernden Kerzenlicht unseres grinsenden Kürbismonsters vor der Haustüre angezogen wurden: „Süßes oder Saures!" Und ehe ich mir die Hausfassade mit nassem Klopapier oder die Türklinke mit Butter beschmieren lasse, rücke ich die Süßigkeiten heraus, die in einem Körbchen neben der Tür stehen und von den kleinen Gruselgestalten mit lauten Dankesbezeugungen in Empfang genommen werden.

So vergeht der Abend, ohne dass mein Gedicht Gestalt annimmt. Ich weiß nur: Es soll sich Behörde auf Beschwerde reimen – naja, oder so ähnlich. Und als es draußen ruhig geworden ist und die Straßenlaternen nur noch trübe Funzeln sind im dichten Nebel, gehe ich zu Bett und falle in einen unruhigen Schlaf, indem sich Behörde auf Beschwörde reimt. Aber so ein Schlaf tut manchmal Wunder: Ich erwache mit dem fertigen Gedicht im Kopf und schreibe es noch vor dem Aufstehen auf ein Blatt Papier:

Liebe Straßenverkehrsbehörde
lesen Sie bitte meine Beschwerde
- und das kann ich Ihnen versichern:
bei der Niederschrift musste ich kichern!
Also zur Sache! (Und dass ich immer noch lache,
das hat mit dem Schild am Friedhof zu tun)
Herrgott! Wer von all denen, die dort heute ruhn
ist wohl noch in der Lage -
und das ist der Sinn meiner Frage -
ein Kraftfahrzeug durch das Tor zu lenken?
So! - Nun kennen Sie meine Bedenken!

Voller Vorfreude auf die Reaktion, die ein solches Gedicht bei den Sesselpupern wohl auslösen könnte, stecke ich es in einen Umschlag, adressiere es an die Straßenverkehrsbehörde und mache mich noch vor dem Frühstück auf zum Briefkasten. Der Nebel ist noch dichter geworden, die Dunkelheit will gar nicht weichen. Mir wird trotz des dicken Mantels kalt auf dem kurzen Weg.

Der Postkasten befindet sich an der Bushalte-stelle direkt neben dem Friedhofseingang. Gerade will ich den Brief einwerfen, als mein Blick auf das Verbotsschild fällt, das nur schwach durch den dunklen Nebelmorgen schimmert – da fällt mir noch eine Version ein, für die Schild-Bürger: „O kommt nur, ihr Anlieger..."

Und als ich da so stehe und schaue – da öffnet sich wie von Geisterhand das schmiedeeiserne Friedhofstor, ein VW-Käfer fährt langsam an mir vorbei auf das Tor zu, am Steuer meine Zahnärztin, das heißt, sie war meine Zahnärztin bis zu ihrem tödlichen Verkehrsunfall vor zwanzig Jahren. Und als ich noch stehe und staune, wie ihre Rücklichter im Nebel des Friedhofs verschwinden, da fährt die Familie Liska in ihrem Borgward-Isabella an mir vorbei mit versteinerten Mienen, und ich glaube, ich werde verrückt: die sind doch damals mit ihrem Auto von einem Lastwagen platt gewalzt worden...

Meine nebelnassen Haare versuchen sich aufzurichten und zu Berge zu stehen, als mein Freund Bernd an mir vorbeirollt, mit dem satten Geräusch seiner 500er BMW. Er trug schon damals keinen Helm, so wie jetzt auch. Erschreckend kahl ist er geworden, die Augen – vorsichtig ausgedrückt – sehr tief liegend. Er hebt die Hand zum Biker-Gruß, der tote Bernd, und fährt an mir vorbei, am Schild, das ihm freie Durchfahrt gewährt und löst sich im Nebel hinter dem Friedhofstor auf.

Der Brief in meiner Hand - er ist auf einmal nicht mehr wichtig, ja höchst überflüssig. Ich drehe mich um, ohne ihn einzuwerfen und gehe zufrieden heimwärts: Na also, da hat das Schild doch einen Sinn – und die Straßenverkehrsbehörde kennt offensichtlich dieses Geheimnis!

Kunst am Bau

Heute soll es endlich losgehen! Das Gerüst steht ja bereits seit vier Wochen, aber getan hat sich bislang nichts. Nur, dass die Nachbarin Käthe sich beklagt hat, die schlechte Strahlung, die von den eisernen Stangen und Leitern ausgehe, sei eine Katastrophe für ihre Aura. Um einer daraus resultierenden Migräne zu entgehen, fängt sie die unheilvollen Wellen jeweils abends mit weit ausgebreiteten Armen auf, ergreift sie und stopft sie in ihren unsichtbaren „Spirituellen Sack". Diesen entsorgt sie dann im Schutze der Dunkelheit mit heftig schlackernden Händen über den Gartenzaun des Baugrundstücks – nicht bedenkend, dass sie auf diese Weise den bösen Schwingungen eine Rückkehr auf ihr heimatliches Gerüst ermöglicht...

Aber nun hat das alles ja bald ein Ende, denn heute soll es losgehen! Um 7.55 Uhr kommt ein weiß lackierter Kastenwagen langsam die Straße entlang gerollt, offensichtlich im Suchmodus. Ja, er ist es, er hält vor dem Haus mit dem Gerüst:

DIE PINSEL-INSEL. IHR FACHBETRIEB.
Graue Fassaden finden ihr Ende
durch unsere fleißig pinselnden Hände!

Ja, er ist es, es kann losgehen! Die Fahrertür öffnet sich, und laut rülpsend entsteigt ihr ein weiß gekleideter Guru dieser Pinsel-Insel. Dann noch kurz auf den Boden gespuckt – um zu steigern das Brutto-Sozialprodukt. Ein zweiter weiß bekittelter Jüngling hat mittlerweile die Beifahrertür zugeknallt, nein, kein Mediziner, sondern ebenfalls ein Jünger der Pinsel-Insel.

Beratend stehen nun die beiden Gestalten vor der Heckklappe, die sich wie durch ein Wunder von selbst geöffnet hat. Sie reden miteinander, gestikulieren – so sieht eben eine Beratung aus! Dann zündet der Beifahrer sich erst einmal eine Zigarette an, während der Fahrer nochmals laut rülpst und dann ausspuckt.

Aus dem Fahrzeuginneren kommen jetzt allerdings weder Farbeimer noch Pinsel zum Vorschein, als die beiden – nennen wir sie einfach: Maler – hineingreifen. Nein, sie ziehen Rollen mit Plastikfolie heraus, die sie zum Gerüst tragen. Rauchend stehen sie vor der Leiter und überlegen offensichtlich, mit welchem Bein man diese zuerst besteigt – und wer wem den Vortritt lassen sollte. Mittlerweile sind zehn Minuten vergangen, die Zigaretten sind ausgeraucht, die Kippen werden in den Boden getreten. Und dann beginnt das mühsame, gefahrvolle Geschäft des Aufstiegs: Schritt für Schritt, langsam, langsam. Haben sich nicht da oben bereits die Maueranker des Gerüstes gelockert? Ein zaghaftes Rütteln sagt: Nein!

Also weiter empor, mit nur einer Hand zum Festhalten, da die andere jeweils eine Folienrolle umklammert! Mühsam, mühsam – doch schließlich ist man oben angekommen in der schwindelnden Höhe von acht Metern.

Was nun? Kurze Beratung: Einer muss wieder hinabsteigen, da Klebeband und Schere noch im

Auto liegen. So, endlich auch das geschafft! – Da zieht der Eine sein Handy aus der Seitentasche. Offensichtlich ein dringender Anruf. Seine Mutter will wissen, was sie ihm kochen soll für den Feierabend nach einem harten Arbeitstag. Eine lebhafte Diskussion offenbar, so sieht das für Käthe hinter ihrem Wohnzimmerfenster aus. Der zweite Maler steht während des Telefonats ratlos popelnd daneben und schaut mal auf den Kollegen, mal auf die Dachrinne, dann auf die Folienrolle in seiner Hand.

So, es gibt vermutlich Nudeln mit Hackfleischsoße – und nun beginnt man vorsichtig-langsam die Folie zu entrollen. Ja, aber was nun? Irgendwie soll diese ja wohl um das Regenfallrohr der Dachrinne geklebt werden. Ein mühsames Geschäft ist auch das – aber langsam, langsam gelingt es ihnen, das Rohr mit der Folie zu umhüllen, erst auf der oberen Etage des Gerüstes, dann auf der unteren. Fertig! Erstmal eine Zigarette anstecken und das gelungene Kunstwerk bewundern – der Verpackungskünstler Christo hatte ja zunächst auch klein angefangen, bevor er den Reichstag verpackte...

Zigarettenkippen nach unten schnippen, dann erst mal einen langen Schluck aus der Plastikflasche, bevor man zu dehydrieren droht. Käthe ist entsetzt: Jetzt auch noch Plastikfolie... Man weiß ja, wie umweltgefährdend so etwas ist...

Nach eingehender Betrachtung des folienumhüllten Regenfallrohres begeben sich die beiden Weißgekleideten wieder hinunter – vorsichtig, langsam, langsam – auf den sicheren Erdboden. Mittlerweile ist es ja halb Zehn geworden – Zeit für das

Frühstück! Zufrieden kauend sitzen sie in ihrem Fahrzeug; dann noch die Mails auf den Handys checken, noch eine Zigarette – und schon ist es Zehn - die gnadenlose Pflicht ruft sie wieder hinauf aufs Gerüst.

Jetzt müssen die Fenster mit Folie abgeklebt werden. Das erfordert extreme Genauigkeit, da benötigt man pro Fenster schon jeweils gut eine volle Stunde. Und das Haus hat sechs Fenster allein zur Straße hin – unmöglich, das heute noch zu beenden, zumal sich in der Mittagspause der Pizzaservice um zwanzig Minuten verspätet... aber morgen, da wird man weitersehen... morgen...

Doch in der Nacht zieht das Orkantief Horst verwüstend über das Land – und am nächsten Morgen flattern die zerrissenen Folien wie zerfetzte Segel-Reste über einem untergehenden Schiff...

Gerade, als die beiden Pinsel-Insel-Gurus alles wieder einigermaßen repariert haben, beginnt es heftig zu regnen. Da kann man nur zigarettrauchend im Auto sitzen und auf die Mittagspause warten, nach der dann tatsächlich die Sonne wieder scheint und das Gerüst trocknet. Von den beiden Männern bekommt Käthe allerdings heute wenig zu sehen, da sie auf der Rückseite des Hauses – na, hoffen wir – arbeiten.

Ein neuer Tag, heute im Zeichen von Farbeimer und Pinsel! Die grauen Flächen der Fassade finden erstaunlich schnell ihr Ende – nicht durch die Pinsel sondern durch die großen Farbroller der fleißigen Hände. Und bereits am Abend dieses Tages wird dem unverhofft auftauchenden Meister gemeldet: Es ist grundiert!

Und dann regnet es wieder zwei Tage lang. Dann ist Wochenende. Und endlich, an einem sonnenstrahlenden Montag setzt man zum deckenden End-Anstrich an, der dann allerdings bis zum Donnerstag einschließlich dauert.

Und dann folgt eine Arbeit, die ungeheuer viel Konzentration und Genauigkeit erfordert: Die Fensterumrandungen müssen farblich abgesetzt werden in einem dunkleren Ton vor der jetzt so hell erstrahlenden Fassade. Da heißt es wieder: abkleben, rundherum – nur die schmalen Streifen dürfen vom Pinsel erreichbar sein, haargenau muss alles abgedeckt sein, da wird die kleinste Nachlässigkeit zum später weithin sichtbaren Farb-Desaster! Also: Präzision, äußerste Genauigkeit, die natürlich eine entsprechende Konzentration bei den Abklebenden erfordert. Nur nichts übereilen! Da ist es wichtig, des Öfteren einzuhalten, nachdenklich über das Geländer zu blicken, die Zigarette auf keinen Fall ausgehen zu lassen und auch dem Handy die gebotene Aufmerksamkeit zu widmen.

Auf diese Weise dauert ein Umklebe-Vorgang pro Fenster schon gute zwei Stunden. Doch nach zwei Tagen voller Konzentration ist auch das geschafft, und am dritten Tag tritt nur noch ein einziger Maler an: Thomas der Tupfer, so hat ihn Käthe getauft, die hingerissen seinen hingebungsvollen, langsamen Pinselbewegungen folgt, seinem Innehalten, dem Eintauchen des Pinsels in den dunklen Eimer, dem Abstreifen der überflüssigen Farbe am Abstreif-Gitter, der zaghaft-vorsichtigen Annäherung des Pinsels an den schmalen Malgrund und endlich seinen tupfenden Bewegungen für zwanzig, dreißig Sekunden – dann wieder Absetzen des Werkzeugs, prüfender Blick auf die frisch gestrichenen zehn, zwanzig Zentimeter, dann der Blick in die Runde, die Wolken und hinunter in die Tiefe, dem das Ablegen des Pinsels folgt, der Griff zur Zigaretten-Schachtel, das Ausspucken über das Geländer, Anzünden der Zigarette, zwei, drei tiefe Züge, nachdenklicher Blick auf das bislang geschaffene Kunstwerk...

„Ach, wärst Du doch ein Chirurg geworden mit all Deiner Präzision", seufzt Käthe, „dann könntest Du immer rufen: 'Schwester... Tupfer!' Obwohl so eine OP sich bei Dir wohl ganz schön in die Länge zöge..."

Dann tupft er wieder, Thomas der Tupfer, und er tupft langsam, konzentriert und bedächtig. Eine große Ruhe überkommt Käthe beim Zusehen von ihrem Wohnzimmerfenster aus. Eine Ruhe, die vom tupfenden Pinsel ausgeht und die eine Aura schafft, die sie in einen glücklichen Zustand versetzt, Ruhe, fast Stillstand...

Vergessen ist die böse Ausstrahlung des Gerüstes, die wohl durch die ungewöhnliche Langsamkeit des Tupfens und Streichens eines Malerpinsels in einen großen Spirituellen Sack zu tropfen scheint, der sich offenbar unter dem zeitlupenhaft werkelnden Pinsel-Jünger aufgetan hat...

„Den schlechten Mann muss man verachten, / Der nie bedacht, was er vollbringt. / Das ist's ja, was den Menschen zieret, / Und dazu ward ihm der Verstand, / Dass er im innern Herzen spüret, / Was er erschafft mit seiner Hand." Käthe spricht nachdenklich die Verse aus Schillers Glocke vor sich hin, die man ihr einst in der Schule eingebläut hatte... Jetzt weiß sie endlich, wofür.

Tage der Ruhe, der Inspiration, der Besinnung. Alles ist gut... so gut!

Wenn nur das stinkende DIXI-Klo nicht wäre, das man für die Handwerker im Vorgarten aufgestellt hat! Je nach Windrichtung verbreitet es einen bestialischen Gestank, der mit seinem olfaktorischen Getöse jede Aura zum Einsturz bringen muss... Schreiend grün ist seine Farbe, so schreiend grün, dass es dem Auge weh tut, dem Auge und auch der Aura... Gut, dass zur Zeit konstanter Ostwind herrscht, Schönwetterlage. Die stinkenden Wirbel verwehen westwärts...

Käthe steht am Fenster und schaut. Tupfer-Thomas steht auf dem Gerüst und schaut. Schaut aufwärts mit gespannter Gebärde. Käthe denkt an Hermann Hesse: „So gut einem ein Nobelpreis auf dem Kopf fallen kann, so gut kann einem auch ein Dachziegel auf den Kopf fallen; letzteres kommt sogar öfter vor."

Und warum schaut unser Tupfer nach oben? Dort über ihm turnt seit einigen Minuten eine weiß gekleidete Mädchengestalt über die Dachziegel nach oben, hinauf zum First. Das hatte Thomas sich nicht getraut, deshalb hat die Pinsel-Insel heute ihren jüngsten Lehrling (weiblich) mit diesem Aufstieg betraut.

Und dann steht das entzückende Geschöpf da oben auf dem Schornstein, der eine rote Fassung erhalten soll (das ist ein Künstlerausdruck und bedeutet: er soll rot angestrichen werden).

Zunächst aber steht dieser Maler-Engel mit ausgebreiteten Flügeln auf dem zu fassenden Objekt und scheint sich sehr zu freuen. Dann zieht sie ein Handy hervor – auch bei Engeln gehört das heutzutage zum Equipment – und sie fotografiert offenbar eine Wolke, die „sehr weiß und ungeheuer oben" über dem Hause steht. Bertolt Brecht hat sie einstmals beschrieben, diese Wolke, in einem der schönsten Gedichte, die Käthe kennt. Die weiße Wolke... Der Maler-Engel schaut hinauf zu ihr, der Tupfer-Thomas schaut hinauf zum Mädchen auf dem Schornstein, besorgt, sehr besorgt. Die Zigarette ist ausgegangen vor seiner langen Besorgnis.

Und Käthe sieht jetzt, wie das Mädchen offenbar bemerkt, dass sie ihr Handwerkszeug nicht mitgebracht hat – kein Farbeimer, kein Pinsel! Ratlos steht sie und schaut hinab über das Dach, hinunter auf Thomas den Tupfer, auf das Dixi-Klo und auf Käthe dort unten hinter ihrem Fenster.

Und dann – hei – setzt sie sich auf das Dach und rutscht auf dem Po hinunter, fröhlich lachend, wie ein Kind bei einer Schlittenfahrt. Thomas hält sich die Hand vor die Augen, als sie mit den Füßen in der Dachrinne einen abbremsenden Halt findet. Noch immer lachend klettert sie hinab auf das Gerüst, wo der Eimer mit der roten Farbe und der „Witsche-Quast", wie sie ihn nennt, auf sie warten.

Ganz verzückt hat Käthe dieser Rutschpartie zugesehen, und sehnsuchtsvoll denkt sie zurück an ihre Freundin Yvonne, mit der sie damals am Monte Verità auf den Spuren Hermann Hesses so fröhliche Klettertouren gemacht hat – ja, genau so sah Yvonne aus, damals in Ascona!

Käthe atmet tief und kommt dann langsam – sehr langsam – aus ihrer esoterischen Klausur zum Vorschein, in die sie durch die Kunst am Bau so viele Tage lang eingeschlossen gewesen ist.

Mira im Walfisch

„In der Schule haben wir gelernt, dass ein Wal gar kein Fisch ist!?"

„Sei froh, dass ich kein Fisch bin und dass ich immer auftauchen muss, um Luft zu holen! Sonst wärest Du da drinnen in meinem Bauch schon längst erstickt!"

„Luft holen? Wofür denn das? Es ist doch alles gut!"

„Ja, aber nur weil Du genügend Luft zum Atmen hast – merkst Du denn das nicht?"

„Nein, wieso, es ist alles gut!"

„Und ist es Dir nicht zu dunkel da drinnen in meinem Bauch?"

„Dunkel? Was ist das? Wieso...? Nein, es ist alles gut; ich fühle mich so wohl, es ist einfach nur schön, so in Dir zu sitzen und rundum geschützt und zufrieden zu sein!"

„Dir fehlt wirklich überhaupt nichts?"

„Was sollte mir denn hier fehlen? Alles ist gut... so gut..."

„Und Du hast keinen Hunger, keinen Durst?"

„Hunger, Durst – was ist das? Ich brauche nichts, überhaupt nichts, es geht mir so unbeschreiblich gut! - Aber eine Frage habe ich doch noch, Walfisch: Wie bin ich denn überhaupt hier in Dich hineingekommen? In der Schule haben wir gelernt, dass ihr Walfische einen sehr engen Schlund habt und außerdem noch Barten davor, so dass ihr nur kleine Lebewesen fressen könnt – ich glaube, Krill sagt man dazu?!"

„Tja, liebe Mira... das stimmt. In Deiner Normalgröße hätte ich Dich niemals verschlucken können! Aber sieh – Du bist ja kein Mensch, Du bist ein Stern und zwar ein ganz wunderbarer, wie Dein Name schon sagt. Und das Wunderbare an Dir ist ja, dass Du oft sehr klein bist, und das war wohl neulich der Fall, als ich Dich mit allen den Krebschen in mich hineingesaugt habe. Ich erinnere mich noch an dieses wunderbare rote Leuchten Deines kleinen Sternenkörpers... irgendwie war das ganz zauberhaft... Und nun bist Du schon wieder größer geworden, Du wunderbarer Wandelstern dort in meinem Bauch! Ich habe nur Angst, dass Du in dreihundert Tagen so riesig groß sein wirst, dass ich platzen werde! Denn eigentlich stehst Du ja am Himmel im Sternbild des Walfisches... Da oben bin ich aber kein Walfisch, sondern ich bestehe nur aus einigen Sternen, deren schöner und wunderbarer Mittelpunkt Du bist, wunderbare Mira, und dort oben am Himmel wirst Du alle dreihundertdreißig Tage aus einem winzigen Lichtpünktchen zu einem herrlichen roten Riesenstern, der einen über dreihundertmal größeren Durchmesser hat als die Sonne, die hier unsere Erde bescheint. Fehlt unsere Sonne Dir denn nicht, da in meinem dunklen Bauch?"

„Mir fehlt überhaupt nichts, ich bin so zufrieden wie niemals zuvor, ich brauche nichts, ich muss nichts tun, nichts lesen, nichts anschauen, keine Mails, keine... Und vor allem keine Schule... Es geht mir so gut, es ist so schön hier im Nichts – ach, entschuldige, dass ich Dich als Nichts bezeichne, ich meine nur Dein Inneres, das mir alle Bosheiten und

Unbequemlichkeiten der Welt vom Leibe hält. Man ist so wunderbar geborgen in diesem Nichts ohne irgendwelche Wünsche. Meinst Du denn wirklich, ich werde jetzt immer weiter wachsen? Das wäre furchtbar...ich möchte auf gar keinen Fall, dass Du dann zerplatzen musst – und mit Dir meine kuschelige, schützende Hülle, die mich alle Sorgen der Welt vergessen lässt! Bitte, bitte, platz nicht! Ich will mir auch Mühe geben, nicht mehr zu wachsen!"

„Darüber mach Du Dir mal keine Sorgen! Es gibt eine sehr einfache Lösung dafür: Hörst Du das Quietschen, das jetzt durch alle meine dicken Speckschichten bis zu Dir gellt? Hörst Du es? Das ist nämlich der Wecker auf Deinem Nachtschrank. Es ist Zeit, aufzuwachen – es ist Zeit... leb wohl, mein kleiner Wunderstern, leb wohl..."

Erschrocken fährt Mira aus ihrem Traum empor - oder vielmehr hinunter in die Wirklichkeit des neuen Tages.

„Oh, Shit, was für ein Mist! Die Mathearbeit nachher...und dann diese nervige Sportlehrerin! - Aber andererseits: heute Abend bin ich ja mit Micha verabredet, der will mir doch sein tolles Teleskop zeigen! Hoffentlich haben wir einen klaren Himmel, und hoffentlich können wir dann meinen Stern in meinem Walfisch besuchen..."

Müllerbrot

Als Wolfgang in das Alter gekommen war, in dem man beginnt, sich Sorgen um seine Gesundheit zu machen (so gegen Fünfzig), wurde er ein eifriger Leser von Arzneimittelwerbung. Und weil diese Werbung ihn eindringlich aufforderte, etwas gegen allgemeine Gefäßverkalkung zu unternehmen, um auf diese Weise Vitalität und Leistungsfähigkeit erhalten zu können, betrat er zum ersten Mal in seinem Leben eine Apotheke. Ein ur-uraltes Greisengesicht auf einem Plakat im Schaufenster hatte ihn hereingelockt: Einer der Bewohner des Kaukasus, die, wenn sie denn Kriege und Fehden überleben, mindestens einhundertzehn Jahre alt werden. Ihr Geheimnis, das keines mehr ist: Knoblauch satt... und dazu reichlich Weißdorn und Mistel!

Der Uralt-Kaukasier strahlte mit Weihnachtsmann-Bart und weißer Lockenpracht auf seinem Haupt aus dunklen Augen die potentiellen Kunden an. Seine Lachfältchen verrieten verschmitzt: Ihr könnt Knoblauch essen soviel Ihr wollt... und keiner wird es riechen. Und außerdem werdet Ihr wie ich hundertzehn Jahre alt!

Die Plastikdose, die ihm die Apothekerin über die Ladentheke reichte, war ebenfalls geziert mit dem Portrait des Alten und mit seinem Namen: Der klang irgendwie nach einem berühmten Sänger des Don-Kosaken-Chores. Die Packung kostete 15 Deutsche Mark und sollte wohl für vier bis sechs Wochen ausreichen.

Brav schluckte Wolfgang nun dreimal täglich seine Dragees, und seine Lebensabschnittsgefährtin nahm nichts davon wahr, denn erstens hielt er die Dose versteckt und zweitens beschwerte sie sich niemals über einen eventuellen Knoblauch-Atem.

Monat für Monat verging, Jahr um Jahr zog ins Land, die Abschnittsgefährtinnen wechselten, Wolfgang schluckte dreimal täglich zwei Knoblauch-Pillen. Und immer, wenn er bei der ebenfalls langsam alternden Apothekerin eine neue Packung „Iwan Rebroff" verlangte, kicherte sie vor Freude über diesen mittlerweile sehr alten Scherz.

Das neue Jahrtausend brach an, der Euro kam – und die Knoblauch-Dragees kosteten jetzt nicht mehr 15 DM, sondern 15 Euro. Wolfgang schimpfte über diese Unverschämtheit, aber er kaufte weiter, Monat für Monat. Und mehrmals im Jahr wurde das Produkt weiter verteuert. Als der Preis bei 24 Euro angelangt war – im gleichen Monat, in dem Wolfgang zum ersten Mal seine Rente bezog, das kärgliche Fazit einer lebenslangen Abenteuerreise durch die schönsten Länder der Erde – in diesem Monat wurde er wütend: „Du bist überhaupt nicht hundertzehn Jahre alt!", bellte er den weißbärtigen, fröhlichen Greis an. „In Griechenland sahen die Fischer schon mit Fünfzig so aus. Ich weiß noch, wie vorsichtig man dort sein musste, wenn eine dieser wettergegerbten Gestalten stolz fragte, für wie alt man sie denn hielte... Sah einer aus wie Achtzig und meinte ich dann sehr vorsichtig: na, so Sechzig... dann war es ein Fünfziger... Überhaupt, ihr Griechen!...", und Wolfgang ereiferte sich wieder über die Art seiner Gehaltsabrechnungen in Kreta: „Willst du es nach Deutschland überwiesen haben oder lieber gleich hier... cash down on the table of the house?!"

Na klar, immer am Finanzamt vorbei, so lief das damals! Kein Wunder, dass Griechenland dann pleite ging! Und in keinem der übrigen von ihm bereisten Länder war es anders. Verbittert beschloss Wolfgang, seine Apotheke nicht mehr zu besuchen und diese Besuche jeweils so teuer zu bezahlen. Seine Apothekerin war ja mittlerweile ebenfalls in den Ruhestand getreten, aber vermutlich mit einer etwas besseren Rente als er: „Soll sie doch die Pillen selber fressen!"

Und da er das Alter von Knutschereien und von „Küsschen hier, Küsschen da" mittlerweile endgültig verlassen hatte, auch über keine diesbezügliche Abschnittsgefährtin mehr verfügte, so begann er, in seinem Garten Knoblauch anzubauen und in großzügigen Mengen zu verzehren. Misteln kaufte er günstig im „Mistel-Online-Shop", und die kleinen, roten Weißdorn-Früchte sammelte er im Spätsommer draußen am Waldrand und an den Hecken. „Müllerbrot", so hatten sie damals als Kinder diese Beeren genannt. „Das Brot der armen Leute", so hatten seine Eltern ergänzt.

Wolfgangs Kreislauf, sein Herz, seine Arterien, alles war bestens - lag es am Knoblauch, am Müllerbrot oder einfach an seiner guten Konstitution. Seine Freunde waren ständig in „Muckibuden", wo sie für viel Geld ihre Körper fit hielten, was Wolfgang verächtlich belächelte. Und schon gar nicht wollte er, ausstaffiert wie ein Tour de France-Fahrer, als Jogger durch Feld und Wald rennen. Das hatte er schon in jungen Jahren total lächerlich gefunden, als er einmal in den Amerikanischen Sektor nach Mainz gereist war und dort junge „Amis" einfach so durch die Parks rennen sah. Was das wohl sollte? Sie mussten nirgendwo hin, sie hatten es auch nicht eilig, wozu also ein so affiges Gehabe?

Ach ja, die Amis! Und weil er gerade beim Schimpfen war, so zog er gleich weiter über die „anderen" her. Was war denn aus den Syrern geworden, die ihn immer so gastfreundlich und großzügig aufgenommen hatten, die ihn sogar gesund pflegten, wie damals in Aleppo, als er „Pharaos Rache" zum Opfer gefallen war. Was war aus den Menschen geworden, die ihn zu sich eingeladen hatten, ihn mit Essen und Trinken versorgten, wenn er als „Hitchhiker" auf dem Weg nach Damaskus irgendwo hungrig am Straßenrand gestanden hatte?! So viel unsagbar schöne und tiefe Begegnungen – und jetzt schlachteten sie sich hasserfüllt gegenseitig ab.

Seine besten Freunde hatte er in der Türkei gefunden. Unvergessen die vielen Wochen in Istanbul und am damals noch so friedlichen Bosporus. Yeniköy, das Dörfchen mit den alten Holzhäusern – und im Wasser tobten fröhlich Jungen und Mädchen in leichter Badebekleidung! Hier kam es zu einer Begegnung, die er sein ganzes Leben hindurch niemals vergessen sollte. Er hatte damals ein Gedicht darüber geschrieben, wie man es im Jünglingsalter zu tun pflegte und hatte es nach sieben Jahren, wie sein Literaturprofessor ihm und ähnlich literaturbeflissenen Kommilitonen damals empfohlen hatte, nochmals gelesen und als viel zu kitschig–sentimental abgetan. Aber verbrannt – auch dies eine Empfehlung seines Mentors – verbrannt hatte er es nicht.

Und in der Verbitterung seines einsamen Alters war ihm diese damalige „Jugendsünde" jetzt jedesmal ein Trost, und sein steingewordenes Herz wurde für Minuten wieder weich, wenn er es las. Das Gedicht hieß „Das türkische Mädchen", und es soll uns hier eine Ahnung von der damaligen Glückseligkeit des jungen Studenten wiedergeben:
Mir warst du ein Traum, / Schon vor langem geträumt, aber niemals vergessen, / Ein Traum von Glück, / Und vom strahlenden Lächeln eines ganz jungen Mädchens, / Das den Studenten zittern machte... / Schwarze Locken umrahmten das bräunliche Gesicht, / Und das Mädchen stand lachend im roten Kleid. / Seine Haare wehten im Wind, / Sein Lächeln flog über das Wasser - / Ich badete in der lauen Geborgenheit des abendlichen Bosporus - / Und fast wäre ich ertrunken vor Wonne und Seligkeit / Denn das Lächeln galt mir, und ich freute mich und strampelte. / Das Wasser schäumte hoch auf vor Freude. / Im Dunkeln ging ich dann mit ihr nach Yeniköy. / Dort war das hölzerne Haus mit dem großen, verwilderten Park. / Von den bröckelnden Marmorstufen sahen wir den Lichtern der Schiffe nach und aßen Granatäpfel. / Orientalisches Mondlicht sickerte weiß durch dunkle Zypressen. / Das Wasser gluckste, die Schiffe riefen. / Ich hielt deine kühle, weiche Hand / Und alles war gut.

Lange her das alles, long ago and far away! Diese frohen Erinnerungen wurden jetzt regelmäßig durch die Nachrichten zerstört, die täglich auf Wolfgang hereinbrachen und die er gierig aufsaugte in sein verbittertes Gemüt. Was hatten sie nur aus diesen schönen Ländern gemacht, was aus deren Bevölkerung! Die jungen Mädchen laufen heute verschleiert umher, wenn sie sich überhaupt noch auf die Straßen wagen – und die jungen Männer sind zu fanatischen Gegnern all derer geworden, die irgendwie anders sind, in Religion, in Lebensauffassung. Töten, töten, möglichst viele mitnehmen als Selbstmordattentäter – nur so ist das Paradies zu erreichen.

Wolfgangs Zorn steigt ins Unbändige: „So etwas hatten wir bei uns ja auch schon, aber vor mehr als fünfhundert Jahren! Und jetzt kommen diese Idioten in Massen her zu uns, getarnt als Flüchtlinge!" Er wählt jetzt nicht mehr seine christliche Partei, sondern er hat eine Alternative gefunden...

Wenn er nicht vor den Nachrichten sitzt, die er stets wütend kommentiert, geht er in seinen Garten, um Knoblauch zu pflanzen oder zu ernten. Und jetzt im Spätsommer macht er so manchen Gang durch die Felder, um an den Hecken das Müllerbrot zu sammeln.

Auch heute ist er vor einem Weißdornbusch stehen geblieben, der über und über mit den kleinen, roten Früchten bedeckt ist. Bevor er seinen mitgebrachten Stoffbeutel mit ihnen zu füllen beginnt, greift er sich Beere um Beere, steckt sie in den Mund und kaut sehr vorsichtig wegen der harten, großen Kerne. „Sind das eigentlich Beeren?", fragt er sich kauend und Steine ausspuckend. Eigentlich ist es ja Steinobst... egal... Müllerbrot eben... Und wie er so steht und kaut im Spätsommersonnenschein vor den allmählich herbstlich sich färbenden Blättern des Weißdornstrauchs, da bemerkt er, dass er interessiert beobachtet wird von einer vielköpfigen Gruppe, Männer, Frauen und Kinder. Die Männer dunkelhaarig, die Frauen verschleiert. Offensichtlich eine Flüchtlingsfamilie. „Jetzt ist man vor denen schon nicht mehr in der freien Natur sicher!" Wolfgang beginnt innerlich zu fluchen und die ganze – natürlich kinderreiche – Bande zum Teufel zu wünschen: „Die überschwemmen uns, bald sind sie in der Überzahl, dann herrscht auch bei uns die Sharia!"

Ein kleiner Junge läuft auf ihn zu, trägt etwas in der Hand. Er trägt etwas, das er ihm mit strahlendem Gesicht präsentiert: eine Plastikdose mit einem dicken Stück Mohnkuchen darin. Wolfgang ist verdutzt. Fast erschrocken schaut er, als er fragend auf sich deutet: „Für mich?" Der kleine Junge lacht:" Ja – Du essen! Kein Hunger mehr!" Und er macht die Geste des Kauens. Seine Angehörigen, deren Dolmetscher er offensichtlich ist, kommen lächelnd näher, führen gleichfalls ihre Hände zum Mund und deuten das Kauen an. „Fehlt nur noch, dass sie jetzt 'Nam-Nam' sagen", denkt der überraschte Wolfgang. „Die glauben sicher, dass ich aus Hunger hier Müllerbrot esse!". Entschlossen nimmt er den Kuchen aus der Dose, verneigt sich vor seinen Zuschauern, bedankt sich „Shukran... shukran", wie er es damals im Orient gelernt hat und beißt herzhaft hinein in den Kuchen.

* * *

Nach Hause zurückgekehrt rasiert er seinen grauen Stoppelbart ab, um nicht mehr wie ein alter Pennbruder auszusehen. Dann kramt er die vergilbten Tagebücher aus seiner Zeit im Orient hervor. Der Fernseher mit seinen täglichen Horror-Nachrichten wird heute nicht eingeschaltet.

„Mein türkisches Mädchen", flüstert Wolfgang beim Lesen, und sein Herz wird weich und weit, und das liegt nicht am Knoblauch oder am Müllerbrot – das liegt an einem dicken Stück Mohnkuchen. „Mein Mädchen", flüstert er „vielleicht wird ja doch noch alles gut..."

Schneesturm

Die Frau starrte hinaus in den grauen Flockenwirbel und sah dem Mann hinterher, der soeben voller Wut die Haustüre hinter sich zugeknallt hatte und in das tobende Unwetter hinein gelaufen war, in dessen Gestöber er nach wenigen schnellen Schritten vor ihren Augen verschwand.

„Dass er immer gleich so empfindlich reagiert!", schimpfte sie vor sich hin. Dabei hatte sie doch nur gefragt, wann er denn endlich das Bild fertig zu malen gedenke, welches nun schon seit fast zwei Wochen auf der Staffelei stand. Jeden Tag nur einige zaghafte, dünne Pinselstriche auf einer akkuraten, kaum sichtbaren Untergrundzeichnung – und dafür hatten sie das Ferienhaus auf der Insel gemietet! Denn der Mann war der Überzeugung, in der Ruhe und Abgeschiedenheit des Winters an der See könne er genügend Kräfte sammeln, um endlich wieder künstlerisch produktiv zu werden.

„Künstlerisch produktiv!", schimpfte sie vor sich hin. „Dabei sind in der Kunstszene doch nur solche Leute erfolgreich, die mit breitem Spachtel Farbe auf die Leinwand patschen, eine Handvoll Sand darüber schmeißen und das Ganze dann über ihre Agentur zu astronomischen Preisen verhökern! Warum kann er nicht so ein Jackson Pollok sein – Jack The Dripper... Nur so kann man richtig Geld verdienen! Aber mein Sensibelchen mit seinen peniblen Vorzeichnungen und dieser zögerlichen Art, die Farbe mit dünnem Pinsel ganz vorsichtig aufzutragen... Ein richtiger Mann ist das jedenfalls nicht! Und dann stürzt er sich voller Wut hinaus in dieses Unwetter, und das mit seiner angegriffenen Gesundheit!"

Die Frau setzte sich in den Sessel neben dem Fenster und schaltete die Leselampe ein, denn der düstere Tag begann durch das heftige Schneetreiben immer mehr in Dunkelheit zu versinken. Sie griff zu ihrem Buch und versuchte sich darin zu vertiefen. Aber sie konnte den Heldentaten des Highlanders, die sie sonst immer so völlig in den Bann zogen, jetzt nichts abgewinnen, aufgewühlt wie sie war. Warum hatte sie denn bloß dieses Sensibelchen geheiratet? Es musste ja nicht unbedingt ein Highlander mit Waschbrettbauch und Eisenmuskeln sein – aber ein wenig Draufgängertum wäre doch sehr wünschenswert! Gut – sein angegriffenes Herz ließ das wohl nicht mehr zu – aber dann musste er ausgerechnet in dieses Wetter hinauslaufen... Erschreckt horchte sie auf das Tosen einer heftigen Böe, die den Schnee prasselnd an das Fenster warf.

Der Mann kämpft gegen den beißenden Sturm an, der immer heftiger wird. Der peitschende Schnee ist vermischt mit Flugsand, der wie mit tausend Nadeln sticht. Bart und Augenbrauen sind eisverkrustet. Das Quermarkenfeuer: die letzte Verbindung zur Menschenwelt. Seine Lichtsignale: bereits im Entstehen vom Schneesturm verschluckt. Nach Westen zu nur noch das Reich des Wesenlosen! Hier öffnet sich die Unendlichkeit: Ein tosendes, weißgraues Chaos, ohne Anfang und ohne Ende. Und jeder Schritt ist ein Schritt hinein in diese Unendlichkeit, ein Schritt zurück zum Anbeginn aller Zeiten. Denn am Anfang war gähnende Leere, Nebel brauten über dem Abgrund, und der Eiseshauch der Kälte wehte durch den ungeheuren Raum.

Der völlig erschöpfte Mann kann nicht weiter. Aber umkehren? Heimzugehen wagen, wo nichts Trauliches auf ihn wartet? Sein Herz spielt wieder einmal verrückt, ein Schwindel erfasst ihn. Mühsam schleppt er sich einige Schritte seitab des Weges zu den Findlingen, die ein uraltes Grab aus der Wikingerzeit umsäumen.

„Nur ein wenig ausruhen!", denkt er und sinkt auf einem der Steinbrocken nieder. Nein, er ist viel zu schwach zum Sitzen! Stöhnend fällt er in den tiefen Schnee neben dem Findling. Ah, wie gut das tut! Einfach so liegen bleiben und sich einschneien lassen! Vom weichen Schnee zugedeckt werden und alles vergessen... alles vergessen... und nichts mehr sehen bis auf das Licht dort am Ende dieses schwarzen Tunnels... nichts mehr sehen...Doch es ist kein helles Licht, was ihm erscheint. Es ist ein junges Mädchen, das neben ihm auf dem Felsbrocken sitzt. Und er liegt nicht mehr, nein, er steht neben dem bezaubernden Geschöpf, und keine Spur von Schnee ist da, sondern es ist ein leuchtend heller Sommertag voller Wärme und Möwengeschrei. Und er fragt dieses Mädchen: „Wissen Sie eigentlich, dass Sie hier auf einem Hünengrab sitzen?!" Und das Mädchen lacht und weiß das natürlich – aber er kann ihr noch sehr viel über diese Findlinge hier in den Dünen erzählen, und so lernt man sich kennen... Ja, genau an dieser Stelle war es, vor mehr als zwanzig Jahren...

Der Schneesturm hat aufgehört, aber es wird nicht viel heller an diesem Spätnachmittag.

Der Reiter ist erleichtert, dass er jetzt doch noch sein Pferd besteigen kann, denn das Schneetreiben hat endlich nachgelassen. Wie liebte er diese wenigen Tage Auszeit im Winter! Während seine Kollegen in die Berge zum Skilaufen fuhren, reiste er jedes Jahr die vielen Kilometer nach Norden, um sich hier auf der Insel beim Reiten zu erholen. Gut, dieses Jahr war es durch einen ungewöhnlich strengen Winter nicht so wie gewohnt verlaufen – aber gerade das Reiten durch die verschneite Insellandschaft hatte etwas ganz außergewöhnlich Schönes für ihn. Mochten seine Kollegen weiterhin zum Skilaufen fahren, das heißt, jetzt standen sie wohl gerade in der Klinik vor ihren OP-Tischen... total gestresst und überlastet bei so wenig Ärzten in einer so großen Einrichtung.

Der Reiter atmet tief die eisige Luft in seine Lungen und tätschelt seinem Pferd den Hals. Herrlich ist das, so hinaus in die verschneiten Dünen zu reiten, vorbei an den letzten Häusern des Dorfes, alles sehr einsam in die beginnende Dunkelheit gehüllt. Nur ein Fenster ist erleuchtet, und eine Frau späht heraus, so, als erwarte sie Besuch...

Der Reitweg ist kaum zu erkennen unter dem frisch gefallenen Schnee, aber das Pferd trabt ganz ruhig voran, und schon sind sie, Reiter und Pferd, in einer dämmerigen Märchenlandschaft unterwegs. Wunderschön diese Ruhe, diese Einsamkeit... Was braucht's da Hüttengaudi und Jagertee... Das hier ist seine Welt, irgendwie am Rande der Zeit... Am Rande der Zeit, ach ja – träumend reitet er vor sich hin, fast wie in Trance, so alles vergessen kann man hier, alles Böse, alle Hektik, allen Stress... Am Rande der Zeit...

Er schrickt auf aus seiner Träumerei und reibt sich die Augen: Ein junges Mädchen dort drüben im Dünental – nein, das gibt's nicht: Ein Mädchen im Sommerkleid! „Ja, spinnt denn die?", fährt es ihm durch den Sinn, „mitten im Winter, bei Kälte und Dunkelheit?" Er reißt sein Ross herum, hinein in das Dünental, auf die leuchtende Gestalt zu, die dort ungeduldig auf ihn zu warten scheint. Nein, die spinnt nicht, die ist gar nicht da, als er anlangt, das ist wohl er, der da spinnt... Aber nein – etwas liegt da, gekrümmt und fast eingeschneit: eine menschliche Gestalt.

Der Reiter springt hinunter von seinem Pferd, das neugierig zuzuschauen scheint, wie er den fast erfrorenen Mann in eine stabile Seitenlage bringt, mit ihm redet und dann aufgeregt in sein Handy spricht.

Jawohl, der Rettungshubschrauber wird in wenigen Minuten zur Stelle sein.

Die Frau stand immer noch am Fenster. Der Schneesturm hatte aufgehört, aber von ihrem Mann war nichts zu erblicken. Ein Reiter trabte den Dünen zu. Sie schaute ihm hinterher: das war zwar kein Highlander, aber ein wenig davon hatte er schon, allein deswegen, weil er „hoch zu Pferde" saß, und einen Waschbrettbauch hatte er sicherlich auch...

Seufzend schaltete sie die große Decken-
leuchte ein, denn die Leselampe erhellte den Raum
nur spärlich. Die Frau ging hinüber zur Staffelei.
Woran strichelte und zeichnete ihr Mann eigentlich
seit so vielen Tagen? Sie schaute sich das Bild zum
ersten Mal genauer an und dachte: „Nun, so schön
kann der junge Reitersmann da draußen wohl doch
nicht malen, trotz Waschbrettbauch und stolzem
Ross..." Und sie kniff die Augen zusammen und ent-
deckte erst jetzt die zarten Bleistiftstriche der Vor-
zeichnung. War das denn möglich? Das war doch sie
als junges Mädchen in ihrem Minirock. Und dieses
Minirock-Mädchen hat ihr Mann, der große
Künstler, auf jenen Findling des Hünengrabes gesetzt, an dem sie sich beide vor mehr als zwanzig
Jahren kennen gelernt hatten.

Lächelnd ging die Frau zur Haustüre und
schaltete die Außenbeleuchtung ein. Ein Hubschrauber knatterte über das Dach.

Spuren

Bereits als Kind war er an allem interessiert, was Spuren zu hinterlassen pflegte. So konnte er im frisch gefallenen Schnee voller Stolz lesen, wer oder was darin seine Spuren eingedrückt hatte: Ein Hase, ein Reh, ein Wildschwein... Sogar den Fuchs erkannte er an seiner Fährte: Wie Perlen aufgereiht die Pfotenabdrücke an der dünnen Linie, die der lange Fuchsschwanz zu ziehen pflegte - „Lunte" nannte sein Vater, der Förster, diesen Zeichenstift, und die Pfoten waren natürlich „Branten" oder „Pranten". Wegen dieser in den Schnee gezeichneten langen Linie erklärte sich auch, warum ein Fuchs zu „schnüren" pflegt.

Aber nicht nur Spuren im Schnee hatte ihm sein Vater erklärt, sondern auch andere Zeichen, aus denen Vergangenes zu lesen war: Das Gewölle der Eulen mit den winzigen Knochenresten der Mäuse und der Vögel, die ihnen zur Beute gefallen waren, die beschädigte Rinde von Bäumen, an denen das männliche Rotwild sein Gehörn vom Bast befreit, „gefegt" hatte, die „Suhlen" der Wildschweine und vieles mehr.

Als begeisterter Karl-May-Leser suchte er später nach anderen Spuren: Hier hatte ein Lagerfeuer gebrannt, wer hatte wohl damals um dieses Feuer herum gesessen? Was man getrunken hatte, ließ sich relativ leicht ermessen an liegengebliebenen Bierflaschen. Aber was hatte man gegessen? Und was bedeutete der Haufen Papiertaschentücher dort hinter dem Busch und dieses schlaffe, weiße Gummi, das ausschaute wie eine Weißwurstpelle?

Und als er dann eines Tages eine kleine, wunderlich gemusterte Steinkugel fand, sagte sein Lehrer: „Junge, du bist ein Glückspilz! Das ist ein versteinerter Seeigel!" Auf diese Weise war sein Interesse an der Geologie erwacht – alles was dort in den alten Steinbrüchen zu sehen war, sollten einmal unzählige Lebewesen gewesen sein, vor Millionen von Jahren - Muscheln, Schnecken in kaum vorstellbaren Zeiträumen abgelagert zu dicken Kalksteinschichten. In diesen lange schon aufgelassenen Steinbrüchen suchte er nun und fand die versteinerten Gehäuse aus einer längst vergangenen Zeit. Ammoniten und Belemniten, sogar einen Mammutzahn konnte er seiner Sammlung einverleiben. Sein Lehrer unterstützte ihn mit Rat und Tat, und so wuchs sein Interesse zur Begeisterung. Ja, es gab auch solche Lehrer, die keine Pauker waren...

Bei all seinen Streifzügen auf der Suche nach Fossilien befassten sich seine Gedanken dann immer mehr mit jenen Spuren, welche auf die Menschen hindeuteten, die einstmals in diesen Steinbrüchen gearbeitet hatten. Hier an einem Felsbrocken Meißelspuren, dort im Fels Bohrlöcher für Sprengladungen, die niemals gezündet wurden.

Die Fundamente der uralten Fachwerkhäuser im Dorf bestanden ausschließlich aus sorgsam behauenen Steinblöcken. Wie hatte man diese damals vor drei-, vierhundert Jahren so mühsam gewonnen und verarbeitet? Was war aus diesen Menschen geworden?

So war seine Leidenschaft zur Archäologie gewachsen, die ihn später auf die Universität und schließlich zu seinem Lehrstuhl führte, den er jetzt inne hatte.

Und wenn er in seiner Freizeit durch die Wälder streifte, dann sah er dort überall die Spuren einer vergangenen Zeit: die Grenzsteine des Deutschen Ordens von 1737, die tief eingeschnittenen Gräben, im Verlaufe vieler Jahrhunderte durch Bauernkarren und Händlerfuhrwerke entstanden, und er sah auch, wie tief sich das kleine Bächlein in das Gestein hineingefressen hatte im Laufe vieler Jahrtausende. Steter Tropfen...

Aber es waren auch Spuren verloren gegangen: Dort, wo er als Junge die köstlichen Waldhimbeeren gepflückt hatte, dunkelte nun junger Tannenwald. Der Berghang, an dem er als Kind mit seinen Freunden im Winter zu rodeln pflegte, war jetzt sauber parzelliert mit Eigenheimen zugebaut. Die Baumwurzel, die wie eine dreizehige Saurierkralle gewachsen war, lag jetzt unkenntlich verborgen unter einem dicken Moospolster. Und der „Biegebaum", eine schlanke, junge Buche, an der sie sich als Buben wie Tarzan durch die Luft geschwungen hatten, lag jetzt als dürres, vermoderndes Holz auf dem Waldboden.

Ewig schienen nur die steinernen Grenzwächter. Aber auch die waren gefährdet. Einer von ihnen lag eines Tages umgebrochen und zerdrückt am Wegrand, zerstört von einer dieser gewaltigen, seelenlosen Maschinen, die man „Harvester" nennt und die imstande sind, innerhalb kürzester Zeit ganze Waldstücke zu schreddern, um hier die riesigen Betonfundamente für Windkraftanlagen zu gießen, „erneuerbare Energien" nennen das die Investoren, die auf diese Weise ihre Finanzen erneuern und vergrößern...

Von der großen Buche am Wegekreuz war nur noch der Baumstumpf geblieben. Einhundertvierunddreißig Jahresringe zählte unser Spaziergänger. Traurig stellte er sich hinauf auf den Stumpf, hinein in die Jahresringe. Er zählte seine vierzig Lebensjahre ab: Als er geboren wurde, war dieser Baum schon ein Riese gewesen, hatte das Kaiserreich erlebt, die beiden Weltkriege, die Zeit des Wirtschaftswunders... Und jetzt war er dahin... Dunkel klang die Stimme der Sängerin Alexandra in ihm auf: „Mein Freund, der Baum, ist tot..."

Immer noch traurig stieg er hinab von dem Baumstumpf, der jetzt noch ein paar Jahre vor sich hatte als Insektenhotel und schließlich als Dünger für hoffentlich neue Bäume.

Besorgt setzte er seinen Weg fort: Doch, sein Lieblingsbaum stand noch aufrecht, da hinten in der Kurve! Erleichtert schritt er auf ihn zu und blieb vor ihm stehen. Sein Miriam-Baum! So hatte er ihn getauft, weil in der Rinde eine längst vernarbte Inschrift zu lesen war, umrahmt von einem Herzen:

Daniel
+
Miriam
1962

So lange war das her, über fünfzig Jahre! Gewiss hatte der Daniel sein Taschenmesser im Mai angesetzt zu dieser Schnitzarbeit, als einer der letzten Romantiker! Heute hängte man ja Vorhängeschlösser mit eingravierten Namen an Brückengeländer. Doch damals, von Wilhelm Müller gedichtet, von Franz Schubert vertont: „Ich schnitt es gern in alle Rinden ein... Dein ist mein Herz und soll es ewig bleiben!"

Über fünfzig Jahre war das her... ob die beiden noch lebten? Ob sie noch beisammen waren? Wer kann das wissen?

Zärtlich streichelte er das Herz mit den beiden Namen, besonders zärtlich allerdings den unteren, denn dabei dachte er dann stets an seine Miriam... seine Miriam, die schon lange nicht mehr bei ihm war.

Im Laufe der Zeit hatte er sich eine Art von Ritual angewöhnt: Nach dem Streicheln des Herzens umarmte er ganz fest den Baumstamm, das heißt um-armen konnte er ihn nicht einmal zur Hälfte, so dick war der Baum. Aber er hielt ihn ganz fest in seinen Armen und versank jeweils in einen kurzen Traum von der Flüchtigkeit des Daseins und vom Glück des Augenblicks. Dabei wehten ihm diese Zeilen von Ina Seidel durch den Sinn: „Du wirst vergehen, und Deiner Füße Spur wird bald kein Aug' im Staub mehr finden. Doch blau und leuchtend wird der Sommer stehen... Wo kommst Du her? Wie lang bist Du noch hier? Was liegt an Dir?"

Einmal war ein knallbunter Mountainbiker an ihm vorübergeradelt, windschnittiger Tour-de-France-Helm, Raumfahrer-Sonnenbrille, Pulsmesser an einem Arm und Kilometer-App am anderen, die Ohren verstöpselt zur Verbindung mit dem Smartphone. Seinem leidend verzogenen Restgesicht war zu entnehmen, was er denken mochte: „Mann, was'n das für'n Esoteriker?!" Dann war er auch schon vorbeigerauscht, im Wald verschwunden. Was diese verkapselte und verstöpselte Gestalt wohl vom Zauber der Natur mitbekam? Die könnte sich doch genauso gut auf ihren Hometrainer setzen oder auf ihr Laufband stellen...

* * *

Es ist Winter geworden, und es ist sogar einmal wieder frischer Schnee gefallen. Hasenspuren nur sehr wenige, auch von Rehen nur selten einige Fährten. Den Fuchs gibt es schon lange nicht mehr im Wald und nicht mehr seine Perlenschnüre... Nur noch die aufgebrochene Erde, dunkel in der weißen Decke des Waldgrundes, umgepflügt von den Wildschweinen.

Auf dem Weg aber eine Menschenspur! Zierliche Schuhe sind es, mit gutem rutschfesten Profil; kleine Schritte zeugen von einer zarten, weiblichen Gestalt. Er folgt diesen Spuren, nicht errötend, aber spielerisch wie ein kleiner Junge, indem er seine Schritte verkleinert und jeweils auf ihre Schuhabdrücke tritt.

So trippelt er dahin; hinter ihm sind die kleinen Fußspuren unter seinen großen Bergschuh-Abdrücken verschwunden. Ein Verfolger würde jetzt denken... hier ist ein einsamer Mann gegangen... Karl May kommt in seine Gedanken... Winnetou und Old Shatterhand...

Doch dann schreckt er empor aus seinen Fantasien: die zierliche Mädchenspur weicht nach links vom Weg ab, führt auf den Miriam-Baum zu. Dieses Mädchen muss hier länger verweilt haben – ob sie auch ein Ritual veranstaltet hat? Fast sieht es so aus: Der Flugschnee ist vom Rindenherz fortgewischt worden, von einer kleinen Hand, sehr gut zu erkennen für einen Karl-May-Adepten...

Und dann führt die Spur zurück auf den Weg. Staunend und nachdenklich folgt er jetzt weiter den zierlichen Stapfen. Er tritt aber nicht mehr auf sie, sondern er geht nebenher, zur Linken der Dame, wie er es einst in der Tanzstunde gelernt hat. Und in seinem Traumspaziergang hat er den Arm um sie gelegt, um diese zierliche Gestalt, und es ist Sommer und die Bäume und Büsche sind grün, die Vögel singen, der Atem ist leicht, und er ist so glücklich.

Und er denkt an den Inselsommer damals mit Miriam, und seine Gedanken werden fast zum Gedicht: Hier gingen einst vor langer Zeit zwei Menschen durch die Einsamkeit. Im nassen Sand noch lang man fand der Beiden Spur am Meeresstrand: Ein großer und ein kleiner Schritt, sehr nah beisammen lag ihr Tritt. Und oftmals blieben sie auch stehen (sehr eindrucksvoll im Sand zu sehen). Sie standen und umarmten sich, und um sie her die Zeit verstrich. Sie hielten enger sich umfangen, am Strande ist die Zeit vergangen. Ein leuchtender Tag verwehte im Glück, und es blieben nur Spuren im Sande zurück...

Dann, plötzlich, ist wieder der Winter da: Auf der Bank vor der Schutzhütte sitzt eine alte Frau im

138

dunklen Mantel. Als er sich nähert, ruft sie ihn an: „Junger Mann, können Sie mir helfen? Meine Füße wollen nicht mehr – das liegt an den Schuhen!"

Bei der Alten angekommen, schaut er hinab auf ihre Füße: Bei ihnen endet die Spur im Schnee. „Selbstverständlich helfe ich Ihnen, kommen Sie!" Und er hilft ihr beim Aufstehen; sie hakt sich bei ihm ein und stöckelt steif und unbeholfen neben ihm her. Durch ihre starken Brillengläser blickt sie ihn an, mit Augen, in denen sich ihre ganze verlorene Jugend zu spiegeln scheint, grün sind diese Augen und wunderschön.

„Wissen Sie... meine Enkelin wollte unbedingt, dass ich ihre Schuhe anziehe, wegen der Rutschfestigkeit. Aber jetzt sind meine Füße darin völlig abgestorben! Diese Schuhe sind viel zu eng für mich!"

Er hört ihr kaum zu, er schaut nur in diese faszinierenden Augen hinter den Brillengläsern. Und dann fragt er ganz unvermittelt: „Heißen Sie Miriam?"

„Ja," antwortet sie „aber... wie kommen Sie darauf?"

Mein Stern von Afrika

Als ich siebzehn Jahre alt war, hatte ich es durch Abenteuerlust, gepaart mit Überdruss an der Schule und ausgeprägtem Trotzverhalten gegenüber dem Elternhaus so weit gebracht, dass ich in der Sahara wohnen durfte, in der Spanischen Sahara. Ich durfte eine kleidsame Khaki-Uniform tragen und lebte wie meine Leidensgenossen, eingepfercht in enge Lehmbaracken; was heißt hier: "lebte" - "vegetierte" trifft die Situation wesentlich deutlicher. Wir vegetierten also, umgeben von Stacheldrahtverhauen und Minenfeldern, nachts im grellweißen Schein-werferlicht, tags unter einer erbarmungslos brennen-den, den Verstand austrocknenden Saharasonne.

Zu all unseren Qualen, zu der Schinderei unserer soldatischen Ausbilung durften wir die Hymne der Legion schmettern: "El novío de la muerte". Ja, das waren wir, dem Tod anvermählte junge Männer, Kinder zum Teil noch fast, novíos de la muerte...

Im fernen Madrid herrschte der Genera-lissimus Franco und wir hier im Wüstensand der Spanischen Sahara durften die Reste des ehemals weltumspannenden Reiches gegen eine aufstän-dische Bevölkerung verteidigen, als Angehörige der Tercio de Extranjeros, der Spanischen Fremden-legion, deren Motto wir vom frühen Morgen den ganzen langen glühend heißen Tag hindurch bis in die kühleren Abendstunden wieder und wieder brüllen mussten, wenn wir mit aufgepflanzten Bajonetten auf Lumpensäcke einstürmen und einstechen mussten: "Viva la muerte!" - "Es lebe der Tod!"

Wir mussten es brüllen beim Robben durch den glutheißen Sand, unter Stacheldrahtverhauen hindurch, über die hinweg scharf geschossen wurde aus belfernden Maschinenpistolen. Viva la muerte!

Davon hatte man in Barcelona nichts geahnt, als man in der letzten Sommerferienwoche das Rekrutierungsbüro mit den freundlichen Offizieren aufgesucht hatte, Fernweh im Blut und die unbezähmbare Angst vor der Heimkehr aus den Ferien zu dem schimpfenden Vater und – schlimmer noch – zu der still traurigen Mutter. Nein – alles besser als das. Als der hasserfüllte Blick des Mathelehrers, sein Geifern, dass alle guten deutschen Jungs ja damals in Stalingrad geblieben seien... nein, nicht mehr zurück per Anhalter in den Norden mit seinem Regen und seinen täglichen Zwängen!

Und die süße Nachbarstochter Christiane würde jetzt wohl ganz anders von einem denken, jetzt, wo man bei der Legion war: Brennend heißer Wüstensand – fern so fern dem Heimatland! Schmetterndes Trompetensignal zum Zapfenstreich, sehnsuchtsvolle Blicke – blutroter Sonnenuntergang! Hört mich an, ihr goldnen Sterne – grüßt die Lieben in der Ferne...

Alles Lüge, alles Schlagerschnulze und Schnulzenkino! Die Wüstensonne brennt bis zuletzt grellweiß! Mein Mathelehrer, der auch Physik gibt, wird das der mangelnden Luftfeuchtigkeit über der Wüste und dem steileren Untergangswinkel des

Gestirns zuschreiben: "Aber davon haben Sie ja keine Ahnung, Sie Ignorant!"

Doch, davon habe ich Ahnung, mittlerweile sogar sehr viel mehr, als dieser Schreibtischtäter aus dem Gymnasium... Was kann der mich denn jetzt noch schrecken mit seinem Gebell: "Vor der Tafel steht ein Greis, der sich nicht zu helfen weiß", gefolgt von dem Vorschlag, doch "auf den Bau" zu gehen, wenn man zu dämlich sei, die Nullstellen biquadratischer Funktionen durch Substitution zu berechnen, geschweige denn das Verhalten von Funktionen im Bereich ihrer Definitionslücken zu bestimmen und zur Zeichnung des Funktionsgraphen zu verwenden. "Gehen Sie doch nach Hause, Mann, verschwinden Sie aus meinem Dunstkreis!"

Aus seinem Dunstkreis war ich nun ja verschwunden – um im Gestank eines der letzten Kolonialkriege dieser Welt umzukommen: Viva la muerte?

Dahin meine schönen Jungensträume von schneidigen Fremdenlegionären, von sehnsuchtsvollen Melodien und von tapferen Heldentaten im fremden Land: Hundert Mann und ein Befehl... und ein Weg, den keiner will...

Nicht einmal die Erfüllung eines Kindertraumes konnte mich trösten: Sich einmal ganz in weichem Sand eingraben zu können, wie es mir ein Klassenkamerad nach einem Ferienaufenthalt an der Nordsee erzählt hatte. Wer konnte damals schon Sommerurlaub auf einer Insel machen! Immer wieder hatte ich den feinen weißen Sand aus der Flasche rieseln lassen, den er mir von

Amrum mitgebracht hatte. Immer wieder hatte ich geträumt, wie schön es sein müsse, sich ganz im Sand einzugraben, in den hohen Dünen herumzulaufen – ach – und in Afrika gab es ja noch viel höhere Dünen, Bergen gleich, aus weißem, aus gelbem, aus rotem Sand – ach, einmal in solchem Sand sich austoben können...

Nun, das konnten wir täglich, aber in voller Uniform, in trostloser Hitze, Sand in den Schuhen, Sand in der Nase, im ausgedörrten Rachen, Sand überall zum Überfluss ... verfluchter Sand!

Und all das, all diese Qual, um herangebildet zu werden, auf bewaffnete und unbewaffnete Menschen zu schießen, deren einziges Vergehen darin bestand, dass sie in ihrer Heimat endlich unter sich sein wollten, ohne die Herrschaft der alten Kolonialmacht.

* * *

Als ich ein wenig älter als Siebzehn war, machte ich mich heimlich davon aus dem Lager der Spanischen Fremdenlegion, zusammen mit einem der Leidensgenossen, jeder mit drei Feldflaschen voll Wasser und einigen Handvoll Datteln versehen. Es ist lange her, aber ich werde es niemals vergessen.

Wir konnten nur nachts marschieren, denn tagsüber waren ihre Flieger in der Luft, und vor denen hatten wir Angst, mehr Angst als vor der furchtbaren Glut der sengenden, tötenden Sonne. So verschwanden wir im Morgengrauen in Felsspalten und verwarteten den langen glühenden Tag im Schatten, kauten Datteln gegen den nagenden Hunger und netzten die Lippen mit dem kostbaren Wasser. Und in der Luft waren die Flieger und manchmal waren sie sehr nah. Wir kannten ihre Waffen, wir kannten sie sehr gut und hatten ihren furchtbaren Erfolg nur zu oft gesehen. Sie hätten uns in unserer Felsspalte zu winzigen Hasen rösten können. So hockten wir und hatten Angst und warteten auf den Abend; wie im Fieber saßen wir mit matten Augen, und der Sand rieb die aufge-sprungenen Lippen wund.

Vor den Schlangen fürchteten wir uns nicht, obwohl wir ihren Schlupfwinkel teilten; es war eher ein Gefühl des Ekels, wenn plötzlich der lange, lautlose Leib einer Viper neben uns aus dem Boden glitt und gleich darauf im Felsgewirr verschwand.

Wir fieberten dem Abend entgegen und wußten, es war nicht mehr weit bis zur Grenze. Aber vor uns lag eine weite Ebene ohne die geringste Deckungsmöglichkeit, und wir hatten große Angst vor den Jeeps, die dort ihre Patrouillen fuhren. Dennoch krochen wir aus unserem Versteck hervor, sobald die Dunkelheit hereingebrochen war und machten uns auf den Weg. Wir liefen die ganze Nacht durch das trostlose Geröll der Ebene, zur Linken den Polarstern, der unser Führer war auf dem langen Weg nach Osten. Ein kleiner, unscheinbarer Führer war er, nur kenntlich an den wenigen Sternen des Großen Bären, die sich kaum über den Horizont erhoben. Und dieses kleine, schwache Lichtlein, fern am nördlichen Horizont ließ uns in der finsteren

Wüstennacht den richtigen Weg finden unter dem großen rotierenden Sternengewimmel der Sahara.

Wir waren ihm beide sehr dankbar, diesem winzigen Pünktchen zu unserer Linken, es war unser Trost, unsere Hoffnung und alles, was wir besaßen. Es führte uns nach Osten, zur mauretanischen Grenze, der Freiheit entgegen, ließ uns wieder aufstehen, wenn wir glaubten, nicht mehr weiter zu können, und gab uns die Kraft, durch das eintönige Geröll der großen Ebene unserem Ziel entgegenzustolpern.

Im Morgengrauen des dritten Tages waren wir am Fuße einer gewaltigen Dünenkette angelangt. Wir hatten nichts mehr zu trinken, der kleine Stern war erloschen, wir standen schutzlos auf dem steinigen Grund, vom unbarmherzigen Licht des beginnenden Tages der dunklen Geborgenheit entrissen, wir standen und warteten, denn wir konnten nicht mehr weiter.

Ein Jeep kam in rasender Fahrt zwischen den Dünen hervor; wir waren am Ende. Wir standen und warteten und hatten nicht einmal mehr die Kraft, unsere Waffen zu ziehen, um sie gegen uns zu richten. Das Fahrzeug kam vor uns zum Stehen, zwei schwarze Soldaten sprangen heraus, die Maschinenpistolen im Anschlag. Wir ließen uns entwaffnen und baten um Wasser und waren erstaunt in unserem Fieber, daß man uns welches gab, köstliches, frisches Wasser ...

Ein Offizier reichte es uns aus seiner Feldflasche, kein Spanier, sondern ein Mauretanier, und er war sehr freundlich zu uns und lachte und er sprach französisch. Es dauerte lange, bis wir begriffen: Wir waren gerettet; wir hatten es geschafft. Die große Ebene hatten wir durchquert und nur einen winzigen Stern als Begleiter gehabt, so unscheinbar unter dem Gefunkel der hochkarätigen Wüstennacht-Sterne - und doch unser ganzer Reichtum und unsere Rettung.

"Regardez, Messieurs!", sagte der Offizier und drehte uns beide sanft an den Schultern um, so daß wir zurücksahen auf die grenzenlos weite Ebene, deren westliche Ränder noch in Dunkelheit gehüllt waren. Ein einziger großer Stern leuchtete noch über der Stelle, von der wir gekommen waren. Darunter erkannten wir die Staubfahnen ferner Fahrzeuge, die sich in der großen Ebene kreuzten.

Der Offizier erzählte uns, dass man uns die ganze Nacht beobachtet habe "avec des télescopes excellentes" und auch unsere Verfolger, von denen wir weder Motorengeräusch noch Lichter wahrgenommen hatten. Aber wie langsam geht doch ein Mensch und wie rasend schnell sind die Motoren, und auch unser kleiner Stern hätte uns nicht helfen können gegen die Soldaten in den Geländewagen.

Wir standen und schauten, wie der Wind die kleinen Staubfahnen verwehte, wie der prächtige Stern im Westen verblaßte und vor uns unsere Schatten auf dem roten Wüstensand erschienen; der neue Tag sah uns in der Freiheit, und wir schliefen bis zum Abend und aßen und tranken zwischendurch und schliefen dann weiter bis in die afrikanische Dunkelheit hinein.

*   *   *

Noch etwas benommen und sehr wackelig verließ ich mein Zimmer und ging zum Tor des kleinen Wüstenforts. Einige Soldaten erkannten mich und baten mich, ihnen auf eine hohe Sanddüne zu folgen, wo ihr Offizier mich erwartete.

Es war ein mühsamer Aufstieg im rieselnden Sand, ich war noch zu schwach und wurde von den Soldaten gestützt. Doch oben war es wunderbar. Dicht unter dem Grat saßen der Offizier und ein Soldat und spähten durch ein Scherenfernrohr. Nach einer herzlichen Begrüßung ließ mich der Offizier hindurchsehen. "Alors, regardez, Monsieur, il faut voir cet miracle!" Und ich schaute, doch sah ich nicht spanische Stellungen oder Panzerfahrzeuge, keine Stacheldrahtrollen waren zu sehen, keine Benzinfässer und nichts von dem ganzen Elend, das mich so lange umgeben hatte, sondern ich sah im Fernrohr: Auf schwarzblauem Samt die riesige silberne Sichel des neuen Mondes am westlichen Himmel. Und da erst verstand ich, daß ich wirklich frei war, und ich stieß einen Schrei aus und wälzte mich im warmen Sand vor Freude und die mauretanischen Soldaten stießen sich an und lachten und der Offizier gab mir eine Zigarette: "mais fûmez-là, s'il vous plaît, seulement là-bas! Içi sur les dunes c'est trop dangereux, on peut vous voir jusqu' à l' Atlantique!"

Mir war gar nicht nach Rauchen zumute, trotzdem suchte ich mir eine etwas kleinere Düne, um endlich auszuprobieren, was ich all die Zeit vorher schon sehnlichst gewünscht hatte: nämlich mit dem Rücken auf dem schmalen Grat einer

Sanddüne zu liegen und in den unermesslichen Ozean des afrikanischen Sternenhimmels zu schauen, so wie es Antoine de Saint-Exupéry beschreibt. Einmal dieses Gefühl zu haben, in die Sternennacht hineinzufallen, in ihre bodenlose Tiefe zu versinken - und dann zu spüren, wie einen die Erde mit tausend Wurzeln an sich gefesselt hält - das hatte ich mir als Heranwachsender immer gewünscht, und dieser Wunsch hatte wohl ebensoviel zu meinem Entschluss beigetragen, zur Fremdenlegion zu gehen, wie all die Legionärsromane und -filme mit ihren Zapfenstreich-Szenen und all den traurigen Mädchen und den harten Kämpfern im Sande.

Doch was hatte ich gefunden? Geschundene Erde, gequälte Menschen, Dreck, Minen, Stacheldraht. Und die Angst, die nachts im Lager umging trotz der grellen Scheinwerferfinger, die einen zum Gewehr greifen ließ und schießen auf alles, was sich da draußen bewegte. Die Hoffnungslosigkeit, dieser glühenden Hölle niemals entkommen zu können, und der Lärm und Gestank in den Unterkünften, das war alles, was ich von der Sahara bislang kennengelernt hatte.

Und jetzt lag ich mit ausgebreiteten Armen auf dem weichen, schmalen Grat einer Düne und spürte den warmen, rieselnden Sand unter mir, der Wind umfächerte mich und über mir glänzten die tropischen Sterne. Ich fühlte mich ganz eins mit der Natur, ich war ein Körnchen Sand, ich war Wind, ich war Stern ...

Im Westen ging die Mondsichel unter, das Symbol Mohammeds; und die Sterne prangten noch üppiger in ihrem tropischen Feuer auf dem schwarzsamtenen Himmel. Meine Augen suchten im Norden und fanden in all dem Lichtergewirr jenen kleinen Stern, der uns gerettet hatte. "Das ist mein Stern von Afrika!", flüsterte ich und war sehr dankbar.

Abschied

Heute glaube ich,
dass es doch eine Sekunde des Erkennens
bei Dir gegeben haben muss -
einen Augen-Blick,
in dem Du sahst, was ich für Dich empfand.
Das war damals im Wartesaal, kurz vorm Abschied.

Wir hatten über belanglose Dinge geredet,
dabei unseren Kaffee
aus den Papp-Bechern getrunken.
Noch immer saßen wir – erzählten –
in den Händen die längst leeren Becher,
knautschten und drückten die wächserne Pappe.

Und irgendwie – kurz vor dem Auseinandergehen –
hatte ich Dir etwas Unbeholfen-Liebes gesagt,
und wir schauten uns in die Augen –
anders als sonst...
Eine Weile betretenen Schweigens...
Röte stieg in meine Ohren...

Da ließest Du plötzlich
Deinen Becher in den meinen fallen.
Und ich sah, dass sein Rand ganz zerknabbert war,
zerbissen von Deinen Zähnen.

Beide sahen wir es und schauten uns an.
Und Du – lachtest!

Tante Hiltrud wird nicht singen

So ist nun mal die Zeit allhie
Erst trägt sie dich, dann trägst du sie;
Und wann's vorüber, weißt du nie.

Treffender hat wohl niemand die Vergänglichkeit unseres Lebens in dieser prägnanten Kürze zusammengefasst, als unser großer Wilhelm Busch, der mit solchen Versen für seine eigene Un-Vergänglichkeit sorgte. Und es ist ja auch so: Wie sehr sehnt man sich als Kind danach, endlich erwachsen zu werden: Als junger Bengel endlich achtzehn Jahre alt zu sein, um im Kino den heißen Pornofilm „Unersättliche Triebe, abnorme Gelüste" im „Weihnachtsfest-Programm" erleben zu dürfen. Als Achtzehnjähriger möchte man einundzwanzig sein und endlich volljährig! Da haben wir's: Es ist lange her, dass unser junger Mann sich so etwas gewünscht hat – und dann hat er ja tatsächlich teilnehmen dürfen an der legendären Willy-Wahl, die den, seiner Überzeugung nach, einzigen wirklich guten Bundeskanzler hervorbrachte.

Ja, und am Abend jenes Wahltages, als er dann voller Freude in seine Disco ging, um abzutanzen, da erreichte ihn erstmals die Einsicht, dass er nun zu altern beginne: Eine Gruppe Halbstarker, wie man sie damals nannte, pöbelte ihn an: „Ey, du alter Sack, was willst denn du hier? Geh doch in die Volkshochschule, da ist heute Seniorentanz!"

151

Solche blöden Sprüche, die auch noch den Anspruch hatten, witzig zu sein, konnte er ohne weiteres wegstecken, zumal er ja damals an allem teilgenommen hatte, was „DEMO" hieß, Demo gegen die Startbahn West, gegen Mutlangen, gegen das Establishment. „Trau keinem über Dreißig!", war die Devise. Man hatte gegen das Establishment zu kämpfen, gegen den Muff von tausend Jahren, der nicht nur unter den Talaren pestete – und ganz nebenbei, so nach dreizehn bis fünfzehn Semestern, sein Studium abzuschließen oder abzubrechen, egal wie: Die Welt stand einem offen, und unser junger Mann erkundete sie an ihren schönsten Stellen, als Seefahrer, als Legionär, als Reiseleiter, kurzum: er lebte intensiv. Die Flamme seines Lebenslichts loderte hell und verbrauchte viel Energie. Sein Leben glich einem Sirtaki, dieser Musik, die immer schneller und schneller wird, um dann jählings zu enden: „Hopa!", ruft da der Grieche aus – für unsere Ohren klingt das dann wie „OPA"!

Nun ja, er ist ja mittlerweile bereits Vierzig geworden, endlich ein „erwachsener Mann", wie seine Altersgenossen ihn trösten, wenngleich er sich noch immer so fühlt und benimmt wie ein Twen.

Es heißt wohl: Vierzig Jahr ein Mann!
Doch Vierzig fängt die Fünfzig an.
Es liegt die frische Morgenzeit
Im Dunkel unter mir so weit,
Daß ich erschrecke, wenn ein Strahl
In diese Tiefe fällt einmal.
Schon weht ein Lüftlein von der Gruft,
Das bringt den Herbst-Resedaduft.

Theodor Storm ist es jetzt, der an Zeit und Vergänglichkeit erinnert. Langsam muss Schluss sein mit diesem Leben: „You want your money to be sent to Germany – or you want it cash on the table of the house", wie sein Boss in Griechenland ihn jeweils zum Monatsersten vor die Wahl stellte. Natürlich Cash on the table of the house! Was sollte er denn mit dem Geld in Deutschland anfangen, und dann dort das Finanzamt und die Rentenversicherung... Ach was, Rente – die erleben wir sowieso nicht, ist auch noch sooo lange hin, da machen wir uns doch keinen Kopf, jetzt jedenfalls nicht – jetzt leben wir! Und außerdem: Da ist doch in Deutschland der Norbert Blüm, und der hat versprochen, „die Rente ist sicher!" - „sischä" hat er gesagt, und damit wohl seine eigene Rente gemeint...

Oh Mann, aber die von Storm prophezeiten Fünfzig sind dann auch bald gekommen, viel schneller als erwartet, und eine Frau und drei Kinder sind auch noch gekommen, und er ist jetzt ernstlich bemüht, sein Lebens-Schiffchen in Richtung auf einen sicheren Hafen zu steuern. Gesundheitlich geht es ihm außerordentlich gut, auch wenn er immer wieder gut gemeinte Ratschläge anhören muss, nicht zu viel zu arbeiten: „Bei dir ist ja ein Burnout schon vorprogrammiert!" Er hat in südlichen Ländern niemals diese fürchterliche Wort vernommen, und er lässt es auch jetzt nicht an sich heran. Er bewegt sich viel; seine Leidenschaft sind lange Bergwanderungen, er fühlt sich jung und fit „wie ein Turnschuh".

Der Schock kommt dann ganz unvorbereitet, an seinem sechzigsten Geburtstag. Unter all den vielen Gratulationsschreiben liegt auch eines, dessen Inhalt ihn trifft wie ein Hammerschlag, nämlich eine Einladung des Bürgermeisters zu dem demnächst stattfindenden Seniorenkreis. „Jetzt isses also wirklich so weit, jetzt kann ich bei der Volkshochschule Sitztanz machen und Geburtstagslieder singen!" Er geht natürlich nicht hin, er ignoriert das einfach.

Und als sein um zwei Jahre jüngerer Freund eine künstliche Hüfte bekommt und seine gleichaltrige Nachbarin für ihren Tennis-Ellenbogen eine neue Schulter, da denkt er nur: „welche Weicheier, die sind doch wieder von den Ärzten hereingelegt worden." Die künstliche Hüfte war, wie es fast schon normal ist im Klinikbetrieb, „verkeimt", musste herausgenommen werden, und der Freund saß monatelang im Rollstuhl, bis eine neue, hoffentlich unverkeimte, ihm eingebaut wurde. Und der Tennisarm schmerzte noch immer, trotz der neuen Schulter.

Unser Freund, den wir nun langsam nicht mehr „junger Mann" nennen können, erfreut sich hervorragender Gesundheit, da gibt es keinen Blähbauch mit Durchfall und Verstopfungen, obwohl, wie die Werbung es ihm weiszumachen versucht, ganz Deutschland „unter chronischen Darmbeschwerden" leidet. Experten aus Mailand haben festgestellt, dass eine geschädigte Darmbarriere die Ursache dafür sein könne. Glücklicherweise halten die Apotheken neuerdings ein Präparat bereit, welches einen Bifidobakterienstamm enthält, der sich direkt an der Darmwand anlagert, und schon ist der Reizdarm für Franz und Gudrun aus Ebersberg kein Thema mehr!

Gut auch, dass es die Apotheken-Umschau gibt, sinnigerweise kurz AU! genannt. Da wird man gewarnt: „Vorsicht, Mausarm" - also kein Tennisarm, sondern ein durch intensives Arbeiten mit der Maus erzeugtes Warnsignal, vor dem Experten uns bewahren wollen. Mit welcher Maus auch immer man dabei gespielt hat, bleibt dahingestellt. Immerhin will uns AU! hier kein Schmerzmittel verkaufen, sondern rät uns zu entspannt aufliegenden Armen und Lockerungen mit Dehnübungen. Sollten allerdings Schwindelbeschwerden auftreten, so gibt es wieder etwas zu kaufen, nämlich 100 Tabletten „zum Einnehmen" (wozu denn sonst?), die dann ein Stück Lebensqualität zurückbringen. Da freut sich die abgebildete Mutti und tanzt mit weit ausgebreiteten Armen.

Nun ist unser inzwischen „reifer Mann" immer noch sehr fit, auch mit Mitte Sechzig. Und dann wird er eingedeckt mit Werbesendungen: „Volkskrankheit GELENKE. Schon jeder 3. ist betroffen." Da werden die Knie steif, Hände und Finger verlieren an Kraft. „Aber Reinhold Bender (64) konnte die jahrelangen Schmerzen besiegen – weil er auf seine Frau hörte..." Ein rezeptfreies natürliches Arzneimittel in Tropfenform verschaffte da Abhilfe, natürlich aus der Apotheke, natürlich gegen Geld! Und schon gehören quälende Rückenschmerzen, die steife Hüfte und ziehende Schmerzen in den Knien der Vergangenheit an. „Holdi" kann jetzt sogar wieder Tennis spielen!

Jedoch unser reifer, noch immer jugendlich-elastischer Mann entkommt der Werbung nicht. Seine Fernsehzeitung beschäftigt sich mit dem Rätsel um häufige Schlafstörungen bei Rentnern und behauptet dreist: „Jeder zweite Deutsche über 65 Jahre schläft schlecht." Dabei schläft unser (jetzt neuerdings ebenfalls) Rentner wie ein Murmeltier. Aber es geht ja hier schließlich um Renate Bergs Nächte, die ein Alptraum waren: „Ich habe mich rumgewälzt, kam ins Grübeln..." Und das alles nur, weil sie nicht wusste, dass ihre Schlafstörungen durch einen GABA-Mangel (Nerven-Botenstoff) verursacht wurden. „Denn mit zunehmenden Alter produziert der Körper immer weniger GABA. Gerade Senioren fehlt dadurch der entscheidende Impuls für den Schlaf." Rentnerin Renates rechtzeitige Rettung kommt „mit der Kraft der Passionsblume, der Arzneipflanze des Jahres 2011", natürlich aus der Apotheke. Zu Risiken und Nebenwirkungen fragen Sie den Arzt Ihres Apothekers...

Von Hitzewallungen bleibt unser Rentner verschont, auch von Schweißausbrüchen, Reizbarkeit, nervöser Unruhe und Depressionen – das ist ja die Domäne der Frauen! Aber Stürzen kann ein Senior! Ein Faltblatt des Sturzbeauftragten der Kreisverwaltung mit den aktuellen „Expertenstandards Sturzprophylaxe" klärt ihn auf zu der Frage „Was ist ein Sturz?" Also: „Ein Sturz ist ein Ereignis, in dessen Folge eine Person unbeabsichtigt auf den Boden oder auf eine tiefere Ebene zu liegen kommt."

Ja, damit ist im fortgeschrittenen Alter auch wirklich nicht zu spaßen! Und warum sollte man sich vorsichtshalber nicht gleich einen Treppenlift zulegen, mit den „Prüfinhalten Servicekultur, Servicezuverlässigkeit, Beschwerdemanagement, Kundenzufriedenheit und Qualifikation der Mitarbeiter", für nur wenige tausend Euro... Schwindelanfälle hat unser Rentner nur in weit zurückliegenden Zeiten erlebt, zum Beispiel nach dem übermäßigen Genuss von Grappa, Raki, Wodka und ähnlichen Reizauslösern. Auch Zäpfchen zum Einführungspreis wird er vermutlich in nächster Zukunft nicht benötigen.

In letzter Zeit häufen sich allerdings jetzt Werbeanrufe bei unserem jugendlichen Rentner: Arthrose-Komforthandschuhe werden ihm angeboten, Zehen-Nagelscheren zum Schneiden von harten und verformten Fußnägeln, Spreizfußpelotten und was auch immer. Nachdem eine russisch klingende Stimme ihm für den Winter den Damen-Thermo-Stiefel „Eiskralle" aufschwatzen wollte, meldet er sich jetzt am Telefon bei unbekannten Rufnummern mit hoher Stimme: „Hier ist Herbert's Massagestübchen! Was kann ich für Sie tun?" Und irgendwie lassen diese Anrufe dann endgültig nach, als er sich jeweils mit barscher Stimme in osteuropäischen Dialekt meldet: „Inkasso Moskau am Apparat – was wollen Sie von uns?"

Und diese ganze fürchterliche Arzneimittelwerbung mit ihren abstrusen Heil-Versprechen: Warum konnte sie nicht so kurz und einprägsam sein wie in seiner Jugendzeit, als es hieß: Wenn's vorne kneift und hinten beißt – nimm Klosterfrau Melissengeist!"

Und immer häufiger hört unser Arzneimittel-Verächter bei Gesprächen so fürchterliche Sätze wie:

„Ja, ja, die Ilse hat es ja auch endlich geschafft. Aber sie wollte auch nicht mehr!" Freund Hein allerorten! Einige seiner Freunde schauen auch schon die „Radieschen von unten" an, obwohl Gemüseanbau auf dem Friedhof laut Gemeindeverordnung nicht gestattet ist.

Statt der Werbeanrufe kommen jetzt immer häufiger Werbebroschüren ins Haus geflattert, die ihn persönlich anreden: Lieber Herr ..., erinnern Sie sich noch ans Wettpinkeln in Ihrer Bubenzeit? Hurra, wie das druckvoll spritzte! Wer am weitesten spritzte war Sieger. Wie kräftig spülte sich Ihre Blase frei. Vergleichen Sie Ihre 'Strahlkraft' heute!". Ja ja, ein Geheimnis, das Männer gerne verschweigen. Jedoch ist unser „lieber Herr ..." nicht der Hundertjährige, der aus dem Fenster pinkelte – Entschuldigung: verschwand und sich dann immer auf seine Schuhe pinkelte. Bei ihm läuft alles normal ab, und diese „Pflichtlektüre über 45" können sich die Versender sonstwohin stecken, auch die „Diabetiker-Socke mit eingelagertem Silber"... Lachen kann man über solche Elaborate! Ab in die blaue Tonne damit!

Das Lachen vergeht unserem Freund aber an jenem finsteren Novembertag kurz vor Totensonntag, als ein persönliches Anschreiben der Kurstadt-Qualle-Versicherung bei ihm im Briefkasten liegt. Auf dem Umschlag starrt ihn das Porträt einer unsagbar hässlichen alten Tussi an, die den Adressaten fragt: „Wollen Sie, dass Tante Hiltrud auf Ihrer Beerdigung singt?" Nein, das will unser Freund in der Tat keinesfalls – aber er will auch nicht die ihm angebotene Versicherung abschließen, die ihm diese Bedrohung ersparen würde. An seinem Grabe, das weiß er ganz sicher, würde der Vorsitzende seines Schützenvereins laut brüllen: „Wir wünschen unserem lieben Verstorbenen ein dreifaches donnerndes RUHE!" Worauf die übrigen Mitglieder ebenfalls dreifach und donnernd „SANFT!" erschallen lassen würden. Das ist doch eine schöne Aussicht auf ein einmaliges Ambiente! Anschließend dann, abgespielt auf seinem alten Ghetto-Blaster mit voller Lautstärke: Bill Haleys „See you later, alligator"! Dafür braucht man ja nun wirklich keine teure Versicherung.

Wütend darüber, dass überhaupt irgendwelche Idioten in Nürnberg ihn mit der unausweichlichen Tatsache seines dereinstigen Todes schon jetzt behelligen, ergreift er seinen Kugelschreiber, schreibt in dicker Blockschrift quer über den Briefumschlag: „Zurück, da Empfänger verstorben!", und schmeißt ihn dann beim Joggen in den Briefkasten, der sinnigerweise direkt am Friedhof steht.

Einige Tage Ruhe, dann – kaum kann er es fassen – wieder die Kurstadt-Qualle-Versicherung, dieses Mal mit einem trostlos grinsenden, brillen-tragenden Glatzkopf: „Zweitausfertigung: 'Ich möchte, dass man um mich weint und nicht um das Geld für meine Beerdigung!'"

Unfassbar diese Impertinenz und Geschmacklosigkeit! Wutentbrannt wählt unser Freund die in der „Zweitausfertigung" angegebene Nürnberger Service-Telefonnummer. Denen wird er jetzt die Meinung geigen, diesen Arschlöchern!

„Guten Tag! Sie sind verbunden mit dem Service-Center der Kurstadt-Qualle-Versicherung! Was können wir für Sie tun?" So ertönt es im Hörer – was heißt ertönt – eine wunderbare, engelsgleiche Mädchenstimme spricht zu ihm in dem weichen fränkischen Dialekt, den er einst so sehr liebte an der süßen Stewardess Eva, die ihn in Griechenland immer mit Schwarzbrot und Zigarren versorgte, die immer... ach Eva... von Dir und Deinesgleichen hat ETA Hoffmann einst geschrieben: „Im südlichen Deutschland, vorzüglich in Franken... trifft man solche lieblichen frommen Engelsgesichtlein, süße Sehnsucht des Himmels in den blauen Augen..." - ach, Eva...

Die Mädchenstimme stockt, klingt irgendwie besorgt, weil unser guter Freund so gar nicht antwortet, weil er dermaßen verzaubert ist, wie gelähmt.

In den wenigen Sekunden ersteht die ganze unvergessene Zeit auf Kreta vor ihm, diese süße Mädchenstimme... Und er stottert, fast will er schon sagen: „Alles gut, ich will einen Abschluss tätigen", als ihm, gerade rechtzeitig, noch etwas besseres einfällt. Er ist ja immer noch ein ganz ansehnlicher Mann, sogar ein Mädchenschwarm, wie ihm neulich eine sehr nette Dame verkündet hat – und da sprudelt es aus ihm heraus: „Ich möchte hier einen Irrtum richtig stellen. Dieser Brief wegen der Sterbeversicherung ging an meinen Vater, der bereits vor drei Jahren verstorben ist. Deshalb habe ich ihn zurück geschickt. Und ich gehe demnächst wieder für zwei Jahre nach Kreta, da möchte ich selbst also keine solche Versicherung abschließen..."

160

Und dann wieder die Mädchenstimme, diese Erinnerung an eine unsagbar glückliche Zeit an südlichen Stränden: „Das geht schon in Ordnung! Ich erledige das... Sie haben es gut... Nach Griechenland wollte ich schon immer mal fahren... Meine Mutter hat mir so viel erzählt von dort. Sie muss damals sehr glücklich gewesen sein!"

Was wäre dem nun noch hinzuzufügen, als folgende tiefsinnige Zeilen Theodor Storms:

Bald ist unsers Lebens Traum zu Ende,
Schnell verfließt er in die Ewigkeit.
Reicht zum frohen Tanze euch die Hände!
Tut's geschwinde; sonst enteilt die Zeit!

Teddy

„Hey, guck mal, da ist ein Teddy in der Zeitung, der heißt genau wie ich, nämlich Teddy! Dem sollten wir doch mal unsere Geschichte erzählen!", meinte mein Teddy namens Teddy am Donnerstag zu mir, nachdem er mir beim Studium der Lokalpresse über die Schulter geschaut hatte. Und das war für ihn gar nicht so einfach, wie Sie vielleicht ermessen können. Also hier unsere Geschichte:

Meine Eltern hatten 1945 als Flüchtlinge aus der Provinz Posen in einem kleinen Dorf im Weserbergland Zuflucht gefunden. Ich war als „Waffenstillstandsbaby" Anfang 1946 dort zur Welt gekommen, in einer sehr armen Umgebung, in der die Flüchtlinge noch dazu den Neid der „Einheimischen" zu spüren bekamen wegen der angeblich so reichlichen Unterstützung durch den (eigentlich nicht mehr vorhandenen) Staat. Spielzeug für ein Kleinkind war nicht vorhanden; meine Mutter nähte mir aus Stoffresten einen kleinen Hasen mit Schlappohren und großen, mit Tinte aufgemalten Augen. Aus einer Kleiderspende der britischen Besatzungssoldaten hatte sie eine Uniformbluse der „Tommys" nach Vorlage des Schnittmusters in einer Zeitung zur dicken Haut eines Elefanten umgestaltet - das war mein zweiter Spielkamerad.

Und dann der Glücksfall: Zu meiner Taufe schenkte mir meine Patentante, eine „reiche", sehr gutmütige Frau, die aus Luxemburg stammte, diesen Teddy, der damals noch nagelneu war, von einem

Teddystopfer aus Thüringen hergestellt. Das war eine Freude! Und der kleine Junge lernte Krabbeln und Laufen in Begleitung seines Freundes Teddy. Die beiden waren bald untrennbar; der Hase und der Elefant hatten das Nachsehen. Und wenn der kleine Junge, der damals „Bubi" gerufen wurde, die Eltern fragte, warum denn der Teddy immer so traurig aussähe, dann erzählte man ihm, dass er so betrübt sei, weil der Bruder meiner Mutter im Krieg gefallen war, der Bruder meines Vaters ebenfalls – und dass er auch um den Opa traure, der immer noch in russischer Kriegsgefangenschaft saß...

Teddy begleitete den kleinen Bubi überall hin, bis es dann irgendwann hieß: „Ein Junge spielt doch nicht mit Puppen oder mit Teddys!" Von nun ab wurde Teddy sein heimlicher Begleiter. Da war es sehr gut, dass in der Nähe ein kleines Wäldchen war, in dem sich die beiden verstecken konnten. Und dann bekam der Teddy sogar noch eine Mutter: das schöne Nachbarmädchen mit den zwei dicken Zöpfen gesellte sich zu ihnen und machte sie mit den Wundern der Natur bekannt, mit den Blumen, die auf den Wiesen blühten und den Schmetterlingen und Grashüpfern, die es damals in reicher Anzahl gab. Sie war zwei Jahre älter als Bubi und Teddy, und sie wusste so viele Märchen und Geschichten von verzauberten Prinzessinnen, von Drachen, von Riesen und Zwergen, dass ein Tag mit ihr immer viel zu schnell verging. Und wenn Bubi dann abends zu spät heimkam, dann schaute der Teddy so traurig, weil der Junge wieder einmal nicht auf die Eltern gehört hatte und dafür mit dem Teppichklopfer bestraft wurde. Es war eine glückliche, märchenhafte Zeit – und der Teppichklopfer gehörte einfach dazu – eine Zeit, die so schön und erlebnisreich war, dass sie bis heute in mir nachklingt.

Aber jedes Glück findet einmal ein Ende, und so ging es auch dem kleinen Jungen: Eines Tages stand ein Möbelwagen vor dem Nachbarhaus, um die Familie des Mädchens in eine Stadt an der Nordsee zu entführen. Noch einmal lagen die beiden Kinder nebeneinander auf der Wiese im Abendlicht, und das Mädchen hatte den Teddy im Arm. Da sagte sie leise: „Immer, wenn ich an Euch beide denke, werdet ihr einen Schluckauf bekommen." „Wie geht denn ein Schluckauf bei Teddys?", fragte ich noch – da sprang sie lachend auf und lief davon.

Als der Möbelwagen in die beginnende Nacht hineinfuhr, war der Teddy nicht nur sehr traurig. Ich weiß genau: er hat geweint. Und Bubi war jetzt mit seinen acht Jahren kein Kind mehr. Seitdem das Mädchen fort war, gab es niemanden mehr, der ihn so nannte.

Jetzt folgen Jungensfreundschaften; da ist für Teddys kein Platz – und für die nächsten fünfzig Jahre sitzt er mit Hase und Elefant in meinem privaten Kindheitsmuseum. Erst seit einem Jahr hat er sich mit dem großen Bär meiner Frau angefreundet. In dessen Arm kuschelt er sich gerne und versucht ab und an sogar zu lächeln. Das Kleidchen mit den Bommeln daran hat damals vor vielen Jahren meine Mutter gehäkelt, weil die Holzwolle an einigen Stellen aus seinem Bauch hervortrat. Seine Stimme hat er ganz verloren – auch sein Schluckauf ist recht leise geworden nach so langer Zeit.

Vogelfreunde

Ich erinnere mich noch an einen riesigen Dänen mit Vollbart, der außer einem Würstchen an einem blauen Band um den Hals, nichts anhatte. Dies brachte mich vorübergehend aus der Fassung. Wie gut, dass kein Mangel an Alkohol herrschte.

Der Däne berichtete gerade in seinem Gitte Haenning/Vivi Bach-Deutsch von einer „Whale-Waching-Tour", die er in einem norwegischen „Fisserboot" erlebt hatte. „Plötzlich war er weg, der Wal, tief im Wasser versswunden! Wir ssauten lange Sseit und ssahen nix. Aber dann – da waren plötzliss ssilberne Perlen im Wasser unter uns, ganz weit unten im klaren Wasser. ‚Ssaut, der Wal atmet unter uns!' rief ich, aber der Bootsführer brüllte: ‚Nee, ganz im Gegenteil, und außerdem ist er gerade unter uns. Wir müssen ssofort hier weg!' Aber es war sson ssu sspät. Die ssilbernen Perlen wurden ssehr ssnell größer und größer und wurden ssließlich ssu ungeheuer großen Luftblasen, die heraufgewabbelt kamen durch das klare Wasser, sso groß wie Häusser waren ssie und durchbrachen mit Getösse das Wasser unter und neben dem Boot. Wir wären fasst abgesoffen, sso ssaukelte das Ssiff. Und es sstank ssum Gotterbarmen. Ssossussagen eine olfaktorische Katastrophe! Der Wal hatte gefursst, direkt unter uns im klaren Wasser!"

Erschöpft griff sich der Däne eine neue Bierflasche – Flensburger – Plop – setzte sie an den Hals und trank einen tiefen, tiefen Zug.

„Wir wären fasst ersstickt!", berichtete er unter dem erschrockenen Gemurmel seiner Zuhörer. Gelächter kam auf, auch Abscheu wurde artikuliert, aber darauf ging der Däne nicht ein. Er rückte sein Würstchen gerade und rief: „Aber es kam noch viel sslimmer! Jetzt kam nämlich der Wal sseinem Furz hinterher und durchbrach nicht weit von uns die Wasseroberlässe! Oh, es war sso ssreckliss. Eine riesige Flutwelle kippte uns fasst um! Und dann kam er daher gesswommen, direkt durch das ssöne klare Wasser auf uns ssu und fing an, ssich an unsserem Ssiffssen ssu reiben! ‚Der hält uns für ein Weibssen und will ssich mit uns paaren!', rief der Norweger. ‚Nix, wie weg hier!' Aber der ssreckliss große Walfiss rieb ssich immer noch an unsserem Ssiff und ssmiss es beinahe um! Wir haben vor Ssreck alle laut gebrüllt, und da versswand der Fiss mit einem riessigen Flossensslag sseiner Flunke, sso nennen wir Whale-Watcher nämlich die Sswanssflosse!"

„Meine Güte", stöhnte einer der Zuhörer, „da fahre ich doch lieber ssum angstfreien Töpfern in die Toskana!"

„Oder wenn schon gewatcht werden ssoll, dann doch lieber ssum Bird-Watssing nach Sslesswig-Holsstein!" utzte ein anderer. Der Däne war beleidigt: „Ihr braucht gar nicht ssu lässtern! Dass war das schlimmsste Erlebnis in meinem Leben!" Er brach fast in Tränen aus, während er sein Würstchen geradehängte.

„Ach ja? Das war schrecklich?" Ausgerechnet der Lehrer, der vorhin noch seinen Begleiter vorwurfsvoll angeraunzt hatte: „Wir müssen das noch mal in der Gruppe ausdiskutieren, wie du dich gestern dem Meerschweinchen von Wolli gegenüber verhalten hast!", ausgerechnet der Lehrer wollte eine Geschichte zu den Gefahren des Bird-Watchings beisteuern in dieser Runde, in der kaum noch jemand richtig sitzen, geschweige denn stehen konnte.

Er war mit einer Frau verheiratet, die sich ihre fruchtbaren Tage im Computer hatte berechnen lassen und die „ganze Angelegenheit", wie sie es nannte, so durchkalkuliert hatte, dass die Geburt ihres Kindes nicht in die großen Ferien fiel und sie so die Kassen des Staates optimal nutzen konnte.

Das Erzeugnis der beidseitigen Bemühungen hatte sie im Kinderladen „Rote Sause" in Bocklemünd untergebracht und als Mitglied der Roten Zelle Psychologie den denkwürdigen Satz geäußert: „Ich glaub, um gut Mutter zu sein, muß man erst mal den eigenen Rhythmus eine Zeitlang total verinnerlicht haben, so dass man, ohne dass es an die Substanz geht, davon was abgeben kann! Wir müssen unsere Ziele eben ein Stück weit in die Strukturen unserer Gesellschaft umsetzten!" Worauf sie, wenn der Computer sein Placet gab, ihrem Gatten mit gutturalem Gebärmutterlachen zuzurufen pflegte: „Friedhelm, komm in die Heia, jetzt!"

Ihre gesammelten Lebensweisheiten waren gerade als Buch erschienen, der Titel ist mir entfallen, aber ich schwöre euch, es wurde mit handgegossenen Lettern auf Büttenpapier mit eingeschöpften Blüten der Provence gedruckt und eingebunden in lassogejagtem Oasenziegenleder!

Dieses als kurzen Einschub zu den Lebensumständen des Lehrers, der sich in seiner absoluten Korrektheit eigentlich niemals besonders hervorgetan hatte. Nur einmal war es zu einer Abmahnung gekommen, nachdem er das Buch „Wege zum Orgasmus" aus Steuergeldern für die Schülerbibliothek gekauft hatte, um es dann seiner Privatsammlung einzuverleiben. Außerdem wurde er mehrfach dabei beobachtet, wie er sein Auto auf dem Parkplatz am Friedhof wusch, wobei er seine Eimer, wie es im Polizeibericht hieß, mit Wasser aus den städtischen Wasserhähnen des Friedhofs gespeist hatte.

Der Lehrer also putzte die runden Gläser seiner Nickelbrille: „Ach, was wisst ihr schon von Sex and drugs and Rock'n roll, die ihr heute im Zeitalter von Aids und Scud und Helmut Kohl lebt! Damals in den Sechzigern, da wurde noch blank gestoßen!"

„Und wass war daran sso gefährliss, außer dass man einen Tripper bekommen konnte?", ereiferte sich der Däne.

„Moment, Moment, das will ich ja gerade erzählen! Also ich als Biologielehrer war ja häufig mit diesen Bird-Watcher-Gruppen unterwegs. Einmal im Frühling – damals war ich noch Referendar – begleitete ich als Reiseleiter einen Bus voller Vogelfreunde in das Storchendorf Bergenhusen. Nachdem wir dort die Storchennester und das Brutverhalten der Störche beobachtet hatten, wollten wir draußen auf den Marschwiesen das Beuteverhalten der Storcheneltern, aber auch anderer Vogelarten observieren. Wir hatten Kleingruppen gebildet; ich war noch bei der Busfahrerin zurückgeblieben, um technische Details der Rückfahrt zu klären. Naja, was soll ich sagen, die Ulla – so hieß die Busfahrerin und kam aus Berlin – wollte schließlich auch die Störche auf den Wiesen beobachten und so nahm ich sie mit, und wir bildeten sozusagen eine Kleingruppe. Bird-Watching, das heißt, aus der Deckung heraus den Vögeln zuzuschauen bei ihren Balzritualen, bei ihrer Futtersuche und bei allem, was sie sonst noch so treiben auf den Marschwiesen.

Deckung – die gibt es dort nur in den Wassergräben, und das ist jedes Mal ein sehr feuchtes Vergnügen, dort in der Entengrütze zu hocken, naß und frierend, oben von Mücken umtanzt und zerstochen... Doch mit Ulla und in jenem Frühling fanden wir einen trockenen Graben, in den wir uns zurückzogen und aus dem wir abwechselnd durch mein Fernrohr hindurch die Vögel betrachteten.

Nun war die Ulla eine sehr hübsche Frau und für eine Busfahrerin... nun was soll ich sagen... jedenfalls hatte sie einen Minirock an und sehr hübsche Beine und unter ihrem dünnen Pulli zeichnete sich ein prächtiger Busen ab. Es ließ sich nicht vermeiden, dass ich sie halb umfing, wenn ich ihr das Glas reichte und es schien mir, als sei es ihr ganz und gar nicht unangenehm.

Es war heiß, und ein ganz leichter Schweißgeruch mischte sich in ein unbekanntes Parfüm; ihre nackten Arme waren voll und weiß und so weich, wenn ich sie berührte bei der Glasübergabe und dann auch einfach so, ich musste sie einfach anfassen und streicheln und in den Arm nehmen.

Und auf einmal hatte sich die Ulla auf den Rücken gedreht in ihrem dünnen grauen Pulli mit ihren nackten Armen und mit ihrem Minirock über den hübschen Beinen und sie schaute mich nachdenklich an. Ihre geschwungenen Augenbrauen waren irgendwie wie der Flug der Schwalben, so schön, so unendlich schön, wie der Flug der Schwalben, die sich hoch über uns in einen aquarellfarbenen Himmel verloren. Ihre dunklen Locken breiteten sich auf dem grünen Gras aus, ihre halb geöffneten Lippen schienen von so unaussprechlicher Süße zu sein, dass ich sogleich davon zu kosten versuchte. Sie waren von großer Süße, und es blieb nicht beim Kosten und – ach – für eine Busfahrerin war die Ulla so weich da überall...

Und in den graublauen Augen der Ulla war die ganze Unendlichkeit dieses Frühlingshimmels! Sie lag und schaute an mir vorbei nach drei weißen Schwänen, die durch diesen weiten Himmel flogen, und ich sah ihr silbernes Spiegelbild, drei schimmernde Sterne, in der Tiefe von Ullas Augen versinken.

Ihre Augen zeigten mir auch das Abbild eines bunten Falters, der über uns durch die Luft taumelte. Sein sanfter Flügelschlag bewegte nur leise die stille, heiße Luft.

Und meine Hände waren inzwischen unter ihren dünnen Pulli gewandert und fanden eine Beschäftigung fast noch süßer als mein Mund.

Und die Ulla wurde immer weicher unter mir und dann war da auch kein Rock mehr zwischen uns und kein gar nichts und ich schmolz gleichsam in sie hinein und zwischen ihren Schwalbenflug-Augenbrauen glitzerten kleine Schweißtröpfchen wie Diamanten.

Der bunte Falter gaukelte noch immer über uns, und sein leichter Luftzug fächelte Ullas Stirne Kühlung zu.

„Du, paß bitte auf!" murmelte sie. „Aber klar", entgegnete ich und hatte in diesem Augenblick meine Arme durchgedrückt, um mich noch tiefer in die Ulla hineinpressen zu können. Dabei sah ich über den Grabenrand, und was ich dort sah, ließ mein Blut erstarren: Dort drüben auf dem Weg gingen in vorsichtig gebückter Haltung fünf ältere Damen aus meiner Vogelfreunde-Gruppe, das heißt, sie liefen ziemlich genau auf uns zu. Und ein Storch überquerte die Wiese, er war offensichtlich das Objekt ihrer voyeuristischen Begierde, und der Storch schritt gravitätisch ebenfalls in unsere Richtung.

„Du, paß auf!", sagte die Ulla nochmals, „Ja!" antwortete ich nochmals und ging dabei in volle Deckung. Über mir war nichts, doch die leichte Nordseeluft lastete so schwer auf meinen Hinter-backen, wie einst der Blechtrommler Oskar Mazerath auf dem Hintern seines Stiefvaters...

Keinen Millimeter konnte ich den Arsch heben ohne Gefahr zu laufen, von meinen Mitrei-senden entdeckt zu werden. Stellt euch vor, meine Karriere als Lehrer wäre beendet gewesen, noch ehe sie begonnen hatte. Und dann diese Schande! Zwei der alten Vetteln wohnten auch noch in meinem Heimatdorf und kannten meine Frau!

Ich duckte mich also und tauchte ganz tief in den Graben und in die Ulla hinab – Naja – und dann krampfte sich die Ulla unter mir auch schon zusammen, von wegen Orgasmus und so – uargh – uargh – rief sie und ich presste mich noch tiefer in den Graben und in die Ulla hinein und machte ganz fest die Augen zu und dabei ist es dann auch mir passiert und ich schenkte ihr voll ein, wie man so sagt...“

„Aha!“, grölte der Däne, „da hasst du dich alsso ein Sstückweit in die Ulla eingebracht!“ – „Schnauze!“, tönte es aus der Runde, „laß ihn weiter erzählen!“

„Und als ich die Augen dann wieder aufmachte und ganz vorsichtig nach oben schielte, da stand dort der Storch über mir am Grabenrand, hatte ein Bein angezogen und schaute interessiert auf uns beide herab. Und so habe ich mein erstes uneheliches Kind gezeugt!“

„Lehrer, du bist ein alter Ssaubär“, stieß der Däne angewidert-belustigt hervor. „Und ssu ssolchen Ferkeln ssickt man sseine Kinder in die Ssule!“

„Höhö!“, lachte der Kunsthistoriker, „dass weiß man ja, zu welch schweren Sauereien diese sogenannten Vogelfreunde fähig sind! Denkt nur an ihren Wahlspruch: ‚Seid gut zu Vögeln!‘“

„O.K.“, sagte der Lehrer, „das nehme ich jetzt als Kritik mal so an und lasse das mal so im Raum stehen; kann sich jeder mal dazu verhalten und auch mal andenken, was das so mit ihm macht! Und anstatt Spott und Häme über mich zu vergießen, solltet ihr mir lieber dankbar dafür sein, dass ich auf diese Weise für eure Rente sorge!"

„Für was denn für ′ne Rente?", fragte der Kunsthistoriker matt. „Du meinst vielleicht die dicke Pension, die deine in Unzucht gezeugten Bälger dir einmal zahlen werden, wenn sie denn je in den Genuß eines Arbeitsplatzes kommen sollten! Unsereiner muß eh..."

„Ach hör doch auf mit deiner Nörgelei", sagte der Däne und biß in sein Würstchen, „Iss würde lieber hören wollen, wass die Ulla gessagt hat zum Ssluss!?"

„Ach, die Ulla?! – Als ich ihr sagte, das sei so schön gewesen und auch sie habe wohl einen tollen Orgasmus gehabt, denn sie habe so herrlich gestöhnt – da sagte sie nur – was für eine kalte Dusche für mich – ‚Wat heißt hier Orjasmus? Det war der Ischias, der mir so weh jetan hat. Det Liejen im feuchten Jras is doch nüscht mehr für eine alte Tante wie mia!"

Wie ein kleiner König

Nur in den Dörfern, nicht in allen, aber in vielen, kannst Du die kleinen Könige finden, die im Sonnenschein ihre verträumten Königreiche regieren; hier leben die barfüßigen kleinen Majestäten in ihren großen Welten.

Von einem solchen Dreikäsehoch ohne Schuhe soll meine Geschichte erzählen, ein wenig vom Abglanz seines Königreichs soll in Deine weihnachtliche Welt fallen! Jetzt im Winter läuft er natürlich nicht barfuß, da hat er dicke Gummistiefel an mit warmen Rosshaarsocken darin, und er ist dick eingemummelt und schaut aus wie ein kleiner Eskimo. So stapft er die Feldwege entlang und tritt auf das zerbrechliche Eis der vielen Pfützen; er beobachtet, wie die Luft unter den glasigen Fenstern in weißen Blasen hin- und herquillt, bis die ganze Herrlichkeit in Scherben zerbricht und Schlamm und Wasser emporschießen.

Und den Hasen sieht er laufen über das weite Feld und ist gleich darauf selber ein Hase und hoppelt, so schnell er kann, bis zum großen Haselnussbusch, wo er erschöpft innehält und mit großen Augen die langen, gelben Troddeln betrachtet, die dort im Winde wehen und die ihn bestäuben. Sie wissen halt, was sie dem kleinen König schuldig sind, die Haselblüten, die goldenen Schäfchen, und so überpudern sie ihn trotz der Winterkälte mit königlichem Staub.

Und er schreitet weiter – würdevoll – jeder Zoll ein König und lässt die Augen schweifen über sein Reich, das bis zu den drei riesigen Eichen reicht und noch viel weiter. Dort hat die Elster ihr Nest; er kennt sie und auch ihre Schatzkammer, in der sie Silberpapier, bunte Steine, glitzernde Knöpfe, flimmernde, farbige Glasstückchen und grellbunte Papierfetzchen aufbewahrt. Er schaut ab und zu dort hinein, und, wie ein richtiger König, nimmt er sich mit, was ihm gefällt, um es der eigenen Schatzkammer einzuverleiben.

Unter den großen Eichen sitzt er im Frühling so gerne und er hört hinter ihren dicken Rinden das Leben erwachen und den Saft gluckern, auf dem Weg nach oben in die Knospen an den zarten Zweigen. Und er sieht die Buschwindröschen blühen und sich im Frühlingswind verneigen vor ihm, dem kleinen König. Er dankt huldvoll und rennt davon, denn er hat viel zu tun. Es gibt so viel zu sehen in seinem großen Reich, die Zeit vergeht so schnell, und das, obwohl es jetzt täglich länger hell bleibt.

Es ist Sommer. In den grünen Kuppeln der Eichen wühlt der Wind, am Himmel stehen dicke weiße Wolken; Segelschiffe sind es, seine Flotte, die aus fernen Ländern schwerbeladen nach Hause gesegelt kommt. Und die Schwalben zwitschern in der Luft, und Schmetterlinge gaukeln von Blume zu Blume.

Es ist heiß, brütend heiß, trotz des Sommerwinds, und der König geht baden. Im Tümpel am Waldrand, wo er im Winter Schlittschuh gelaufen ist, wo er im Frühling die Frösche beobachtet hat und

Froschlaich im Glas nach Haus getragen, um die schlüpfenden Kaulquappen zu beobachten: in diesem Tümpel nimmt er sein Bad.

Er braucht sich nicht auszuziehen, er hat nur ein kleines Höschen an, und das behält er auch an wegen der großen Fische, vor denen er doch Respekt hat, denn sie leben unter dem Wasser, und dorthin reicht seine Macht nicht. Er strampelt und prustet und krabbelt dann auf allen Vieren heraus aus dem grünen Gewässer. Auf den staubigen Weg kriecht er, und dort rekelt er sich in der Sonne wie eine Katze. Er streckt sich und gähnt und rollt durch den dicken Puderstaub, bis er ausschaut wie ein paniertes Wiener Schnitzel.

Leider vergisst er, die graue Schicht abzuspülen, bevor er heimgeht, und dort empören sich seine Eltern gegen ihn, den König, und seine Macht erleidet eine empfindliche Einbuße! Aber nur für kurze Zeit, denn nach dem Gewitter schreitet er schon wieder friedlich, mit weit ausgebreiteten Armen, durch den strömenden, warmen Sommerregen; der Schlamm quillt zwischen seinen Zehen hindurch, und er ist wieder ganz König, und er betrachtet voller Zufriedenheit, wie sich alles in seinem Königreich satt trinkt, wie die Felder schlürfen und die Bäume schmatzen. Jetzt hat er auch sein Höschen zuhause gelassen, und er wird ganz blank gewaschen vom warmen Sommerregen.

Ein müdes, sauberes Kind schlummert bald darauf in seinem Bettchen; nur unten aus der Bettdecke ragen zwei schwarzverkrustete Füße. Und am dunklen Himmel steht wie ein goldener Turm eine

Abendwolke und bewacht sein friedliches Königreich. Darüber funkelt der Abendstern wie ein Diamant, und in den Blättern wispern die Träume.

Der Herbst kommt und überhäuft den kleinen König mit goldenen Früchten; die Silberfäden des Altweibersommers durchwirken sein Haar. Seine Freunde, die Schwalben, lassen sich vom Sturmwind nach Süden tragen, und der kleine König baut einen Drachen. Dieser steigt hoch und immer höher und zerrt an der Leine und will den Schwalben folgen, denn der Wind bläst sehr heftig, und abends wird es kalt. Der kleine König pflückt sich blaue, frostüberhauchte Schlehen und verzieht seinen Mund vor dem bitteren Geschmack.

Und dann, eines Morgens, sind die Pfützen vom Eis überzogen. Aus grauen Wolken tummeln unzählige Schneeflocken auf die Erde, und der kleine König läuft hinaus, jetzt wieder in dicken Stiefeln und eingemummelt wie ein Eskimo. Und dann stellt er sich breitbeinig hin, mitten zwischen die Felder. Er wendet sein Gesicht nach oben und versucht, mit dem Munde nach den Schneeflocken zu schnappen. Im grauen Gestöber sind kaum die drei Eichen zu erkennen, in denen die Elster auf ihren Schätzen hockt. Fast verwischt ist das dunkle Band des Waldrandes, an dem das kleine Königreich endet. Aber im nächsten Jahr will der kleine König auch den Wald erkunden und ihn dann seinem Reich einverleiben.

Noch aber ist es nicht so weit, und er steht breitbeinig auf dem Acker, das Gesicht nach oben, und er schnappt nach den silbernen Schneeflocken, die kühl auf seiner kleinen Zunge zerschmelzen.

Ein Hauch von Ewigkeit

Irgendwie enttäuschend, das erste Erscheinen der Wieskirche vor unserer Windschutzscheibe: Häuser, Geschäfte für Devotionalien und natürlich Parkschein-Automaten. Menschenmassen überall, vor der Kirche stehen sie Schlange... Ich hatte das alles ganz anders in Erinnerung: Wenn ich damals die „Perle des deutschen Rokoko"mit meinen Gästen besuchte, traten wir aus dem Wald hinaus und folgten einem langen Weg, der bergan führte, hinauf durch die große Landschaft, die gekrönt war von eben jener Kirche, die von diesen Wiesen ihren Namen erhalten hat...

Aber heutzutage, da lässt man sich von seinem Navi ans Ziel führen – und dann landet man prompt auf der Dorfseite der Kirche, bei den Parkuhren und den Souvenirläden. Schade – und ich sah diese Enttäuschung auch bei Katja, der ich so oft von dem überwältigenden Anblick der Kirche über den Bergwiesen erzählt hatte.

Nun ja, viele Jahre waren seit meinen damaligen Wanderungen vergangen, und so ließen wir uns im Strom der Menschen unserem Ziel zutreiben. Rechts ein Laden mit Opferkerzen – ja, die Kirche hat schon immer sehr gut von ihren schmerzhaften Märtyrern und den Wallfahrten zu ihnen gelebt. Und hier wallfahrtet man sogar zum gegeißelten Christus selbst, dessen Statue ursprünglich für die Karfreitagsprozession in Steingaden geschaffen worden war, bald aber in Vergessenheit geriet. Die Bäuerin des Einödhofes „in der Wies" erbat sich das Bild des schmerzerfüllten Jesus zur Aufstellung im Hergottswinkel ihrer Stube. Das war im Jahr 1738.

Und dann geschah das Wunder: Der gegeißelte Heiland vergoss bittere Tränen. Wie so etwas geschieht, darüber ist sich unsere aufgeklärte Moderne natürlich völlig im Klaren – sonst wäre sie ja nicht aufgeklärt! Jedenfalls lief dieses Ereignis wie ein Lauffeuer durch die Lande. Tausende von Pilgern kamen, selbst von weither. Eine kleine Kapelle, die man für das Gnadenbild mittlerweile gebaut hatte, konnte die Scharen der Gläubigen längst nicht mehr fassen, so dass der Abt von Steingaden den genialen Baumeister und Stuckateur Domenikus Zimmermann mit dem Bau einer großen Wallfahrtskirche in der Wies beauftragte.

In gerade einmal zehn Jahren schuf dieser ein herrliches Kleinod, das sich in der wunderschönen Landschaft am Fuße der Trauchberge als vollendete Schöpfung, als Gipfelpunkt des ausgehenden Rokoko, darbietet.

Zimmermanns Kreation des Innenraums scheint fast zu schweben – ein Eindruck, der durch die zarte Farbgebung des Stucks und durch die Malerei seines Bruders Johann Baptist noch verstärkt wird.

Soweit waren meine kunsthistorischen Ausführungen gediehen, als wir in der Menschenmenge vor dem Kirchenportal eintrafen. Verschleierte Frauen aus den „Flüchtlingsgebieten" standen neben schnauzbärtigen Mannsbildern in Krachledernen. Was mögen die Muslima wohl von der überbordenden Malerei im Kircheninnern halten? Du sollst Dir kein Bildnis noch irgendein Gleichnis machen... Im Christentum die Reformation mit Martin Luther – kurz darauf der Bildersturm der strengen Calvinisten... Du sollst Dir kein Bildnis machen... Und dann die Gegenreformation unter Kaiserin Maria Theresia: Mit neuer Prachtentfaltung will man die an den Protestantismus verlorenen Gläubigen zurückholen in die „Allein selig machende Kirche". Und das gelingt fast überall im Bereich der Habsburger und auch im süddeutschen Raum.

Wir hören Gesang aus der Kirche. „Der Gottesdienst ist noch nicht vorbei!", sage ich zur wartenden Katja. Einer der trachtentragenden Männer, ein blumenbekränztes Wallfahrerkreuz haltend, lässt seine Stimme ertönen: „Naa, naa... Isch scho all's vorüba! Die singan da nur noch zu ihra Freud... Geht's nur eini!"

Ich nehme Katja bei der Hand, und wir betreten die Kirche: Überwältigende Stuckaturen und Malerei, die schwingenden Formen, der goldene Prunk. „Ziemlich überladen", stellt das Mädchen nüchtern fest, und der Kunsthistoriker neben ihr, der ich ja bin, erklärt ihr im Flüsterton, dass dieses ja auch der absolute Höhepunkt des Rokoko sei, dass es dann weitergehe mit einem nüchternen, klaren Klassizismus...

Der Gesang hat aufgehört, die Sänger und Sängerinnen, auch Wallfahrer mit einem hochragenden Kreuz, das ihnen vorangetragen wird, nähern sich dem Ausgang. Zahllose Hände halten Kameras und Handys in die Höhe zum Fotografieren – schauen kann man dann ja zuhause, hier hat man nur einige Minuten Zeit – das ist halt der moderne Tourismus „see Europe in 3 days...“

Noch haben sie die Kirche nicht verlassen, da strömt die bislang draußen wartende neue Gruppe herein, angeführt von dem kreuztragenden Trachtenbursch. Ein Pfarrer im vollem Ornat begibt sich zum Altar und ruft von dort: „Ihr andern, bleibt's doch noch a bisserl da! Ihr habt's so schee g'sunga, macht dös doch nochamal!“

Und während die neuen Wallfahrer sich in den ersten Reihen der Kirche verteilen, stimmen die verbliebenen ein Lied an: „Schönster Jesus auf der Wies“. Singen können sie... wunderbar... Alles Gemurmel ringsum verstummt, niemand läuft mehr „umanand“. Die Symphonie aus Farben und Formen, verzaubert durch das von außen hereinfallende Licht, steigert sich nun zu einem überirdischen Erlebnis aus Klang und Musik. Nichts mehr von Überladenheit und nichts von Scheiterhaufen für Ketzer und Hexenverbrennungen, die jahrhundertelang das grausame Gesicht der „Allein selig machenden Kirche“ waren, nichts von den zahllosen Kriegen und Metzeleien, die um des Glaubens willen Millionen das Leben gekostet haben, nichts von der Angst vor der ewigen Verdammnis, mit der die Kirche zweitausend Jahre lang die Gläubigen geängstigt hat... nichts von alledem!

Nur der berückende, überirdische Klang der wunderbaren Stimmen, der uns alle in seinen Bann zieht. Und keine schmerzverzerrten, gepeinigten Gesichter sehen uns an. Über uns die Gewölbe- und

Deckenmalerei mit der Verheißung des ewigen Lebens: Christus verkündet den Menschen statt des grausamen Gerichts die göttliche Gnade. „So viel als zu Dir sind kommen, haben Hilf von Dir begehrt, hast Du gnädig aufgenommen". Mächtiger erklingt der Gesang, jetzt von allen Besuchern mitgetragen.

Auf den rosenfarbigen Stuckmarmorfeldern drei weibliche Figuren: In flüssigem Goldrelief symbolisieren sie Glaube, Liebe, Hoffnung. Die vielen Engelchen! Eines hat sich einen Kardinalshut aufgestülpt! Die Heiterkeit arkadischer Schäferspiele klingt leise an in naturgetreuen Blumenketten, die vorm Kanzeldeckel schweben, weiße und rosa Rosen mit saftgrünen Blättern. Versteckte Spiegelchen umschmeicheln mit sparsam reflektiertem Licht die golden-silberne Taube, die inmitten dieser Herrlichkeit schwebt.

„Nun, so will ich alles lassen, auf die Wies zu Jesus gehen, mich begeben auf die Straßen und mit Freuden Ihn ansehn", schwillt der Gesang noch einmal an. Ja, so kann man ihn mit Freuden ansehen! Und der skeptisch-protestantische Kunsthistoriker, der ich bin, nimmt die verzaubert dastehende Katja ganz leise in seine Arme, sie schmiegt sich ihm an, er umfängt sie und hält sie wie mit großen, weichen Flügeln. Sie wird ein Teil von ihm. Ein Engel wird dich leiten... So könnte eine Ewigkeit aussehen, der man mit Freude entgegen schauen kann... Niemals enden sollte diese zauberhafte Symphonie aus Farben, Formen, Gesang und Liebe...

Wenn auch viele Bilder und Darstellungen um uns herum überborden – die Kraft und der Klang des widerhallenden Gesangs wird für den Kunsthistoriker zu einer wunderlichen Vorstufe, zur Ahnung eines Gottes, der jeder Verbildlichung widersteht – eines Schöpfers, den Menschensinne weder zu schauen, noch zu deuten, noch zu fühlen und zu fassen vermögen.

Und irgendwie werden wir gestreift von einem Hauch von Ewigkeit und von einem tiefen Glücksgefühl.

Als wir wieder herausgetreten sind aus dieser verzauberten Welt, als wir uns durch die draußen wartenden Touristen gedrängt haben, gehen wir jenen langen Wiesenweg hinab in Richtung jenes Waldes, aus dem ich vor Jahren immer meinen Aufstieg zur Wieskirche begonnen hatte. Auf halbem Weg drehen wir uns um – und nun sehen wir das altgewohnte Bild der Kirche, die den Wiesenhügel krönt. Auf dem Drahtzaun neben uns zwitschern munter fünf junge Schwälbchen. Ein Adler kreist vor der Alpenkulisse. Und ein kleiner Junge rennt mit ausgebreiteten Armen den Weg herab auf uns zu, als sei uns ein Engelchen aus der Kirche gefolgt.

Inhalt

Bei BoD erschien
der Gedichtband

Wolkenschatten

Tag- und Nachtstücke von der See
und vom Leben der Menschen
zwischen Licht und Dunkelheit

Weitere Bücher des Autors
(siehe www.gerd-kanke.de)

Der leise Duft von Kreta
In dreiundzwanzig Nachtstücken wird die Liebesgeschichte
zwischen Thorben, der als Touristenführer auf Kreta arbeitet,
und dem Mädchen Miriam erzählt. Der Leser taucht ein in die
Atmosphäre der Insel, mit all ihren Besonderheiten. Dem Autor
gelingt es mit seinen teilweise skurrilen Geschichten, den Leser
mitzunehmen und ihn teilhaben zu lassen, nicht nur an den
Gerüchen von Dieselöl und faulendem Fisch, sondern vor
allem an den zarten Empfindungen für Miriam, die „leise nach
gelben Rosen duftet".

Schiller im Sperrgebiet
Wieder auf der Straße, wieder im Nieselregen, wenden wir uns
nach links, Schiller... Wir müssen zur Volkspolizei; wir
brauchen die Genehmigung, auf seinen Spuren zu wandeln! An
jedem Ort, in jedem Ding, bleibt ein wenig von der Seele
desjenigen zurück, der dort gelebt, der diese Dinge um sich
gehabt hat. Die Spuren verwehen zwar, bleibem dem aber
kenntlich, der um sie weiß. Auch im Nieselregen. Auf auf dem
Weg zur Volkspolizei.